대영 제국에서 작가로 살아남기 4

초판 1쇄 발행 2023년 11월 24일

지은이 ｜ 고슴름도치
발행인 ｜ 최원영
편집장 ｜ 이호준
편집디자인 ｜ 한방울
영업 ｜ 김민원

펴낸곳 ｜ ㈜ 디앤씨미디어
등록 ｜ 2002년 4월 25일 제20-260호
주소 ｜ 서울시 구로구 디지털로 26길 111 JnK디지털타워 503호
전화 ｜ 02-333-2513(대표)
팩시밀리 ｜ 02-333-2514
E-mail ｜ papy_dnc@dncmedia.co.kr
블로그 ｜ blog.naver.com/gnpdl7

ISBN 979-11-364-4888-0　04810
ISBN 979-11-364-4732-6　(SET)

※ 저자와 협의하여 인지는 붙이지 않습니다.
※ 이 책은 ㈜ 디앤씨미디어(파피루스)가 저작권자와의 계약에 따라 발행한 것으로 본사와 저자의 허락 없이는 어떠한 형태나 수단으로도 내용을 이용할 수 없습니다.

대영제국에서 작가로 살아남기

고스름도치 대체역사 장편소설 4
PAPYRUS FANTASY HISTORY OF ALTERNATION

1장. 알폰스 무하 · 7

2장. 폼페이 리포트 · 33

3장. 쥘 베른 · 57

4장. 낭만의 시대 · 83

5장. 문학의 미래 · 121

6장. 찰스 디킨스 문학상 · 157

7장. X선 · 183

8장. 허버트 조지 웰스 · 219

9장. 러디어드 키플링 · 245

10장. 연말 시즌 · 271

알폰스 무하

"잠깐, 잠깐!! 그게 무슨 말도 안 되는 소리요!"

그때였다. 물러난 줄 알았던 배불뚝이가 내 말을 끊고 끼어들었다.

흐음, 그러고 보니 이 사람은 대체 누구지?

무하와 함께 있을 정도면 뭔가 이름값이 있는 사람인가?

"나는 극장 코메디 프랑세즈(Comédie Francaise)의 지배인이요! 알겠소?! 사라 베르나르 여사님을 모시고 있는 극장의 지배인이란 말이오!!"

아하, 그러시군요.

"그래서요?"

"그래서? 내, 참!!"

아니, 그럴 수밖에 없잖아.

물론 프랑스 유일의 국립 극장으로 이름 높은 코메디 프랑세즈도, 그리고 그곳의 유명 여배우인 사라 베르나르도 모르진 않는다.

미래 지식이라기보단 이곳, 19세기에 와서 주워들은 상류층 지식이거든.

옆 나라, 심지어 끔찍이도 싫어하는 프랑스와 영국의 관계성을 생각해 보면 어쨌든 싫어도 알 수밖에 없는 곳이란 점에서 대단하긴 하다.

그런데, 그거랑 별개로.

"사라 베르나르 씨가 얼마나 대단한 배우인지는 잘 압니다. 다만, 계약 당사자들 사이에 끼어들 일은 아니라고 생각하는데요?"

"당사자 사이에 끼어든 건 당신네지!! 알폰스 무하 군은 베르나르 여사님이 직접 6년짜리 계약을 맺었단 말이오! 앞으로 5년 뒤까지 무하 군은 우리 코메디 프랑세즈의 전속 아티스트요!!"

"흠, 그래요?"

나는 잠시 알폰스 무하를 보았다.

그러자 나보다 살짝 나이 많은 아르누보 예술가는 난처하다는 듯 고개를 끄덕였다.

쯧, 아깝네.

나는 입맛을 다실 수밖에 없었다. 그래, 저점 매수하기엔 이미 늦은 상황이다, 이 말이지?

아니다, 생각해 보면 이게 정상이긴 하다. 애초에 내가 코인을 탄 것도 미래 지식 덕이지, 정말 잘될 예술가라면 진짜 심미안 가진 사람들이 알아보고 선점하는 것도 어느 정도 당연하지.

그런데.

"그래서요?"

"뭐, 뭐요?!"

"무하 씨가 사라 베르나르의 전담 디자이너로 발탁되었다는 건 알겠습니다."

나는 손을 가지런히 모으고, 짐짓 공손하게 말했다.

"그런데, 그 회사에 소속된 디자이너도 아니고, 자신의 공방이 있는 프리랜서인데 겨우 연예인 한 사람을 전담한다고요? 제가 아는 상식과는 좀 많이 다르군요."

"그, 그건……!"

아무리 돈 많은 놈이 우월한 19세기라지만, 그런 불공정 계약은 미국에서도 안 먹힌다.

차라리 적대적 인수합병을 하면 했지.

게다가 이건 나름의 확신도 있었다.

만약 사라 베르나르가 그런 더러운 짓거리를 하는 자였다면 품위를 중시하는 프랑스에서 제일의 여배우라 불릴 리 없었을 거다.

프랑스가 인격적이라는 소리가 아니라, 경쟁자들이 가

만 놔두지 않았을 거란 소리다.

별의별 가십을 만들어서 끌어내리려 했겠지. 음, 대충 내 머릿속에 그려지는 문장만 해도 수없이 많다.

혹시 설령, 뭐…… 아니라고 해도 상관없다. 내가 지금, 그거에 구애받아야 할 정도로 탄창이 부족하진 않으니까.

"물론 그런 경우라면, 기꺼이 제 개인적인 자금으로 그 위약금을 물어 드릴 생각도 있습니다."

"위, 위약금을요?"

"예. 그 정도는 얼마든지 감당할 수 있습니다."

나는 당당하게 말했다.

내가 유용할 수 있는 자금이 그렇게 적은 편도 아니거니와, 모자란다고 해도 출판사에 요청하면 얼마든지 채워 넣을 수 있다.

물론 이런 식의 돈지랄은 내 취향이 아니지만— 저쪽이 먼저 싸움을 거는데 피하는 것도 성향은 아니라…… 어쩔 수 없지.

"자, 어찌하시겠습니까?"

"자, 잠시만요. 작가님."

그때였다.

지배인을 압박하던 내 앞을 가로막으며, 알폰스 무하는 침을 꿀꺽 삼키고 말했다.

"오해가 있으십니다."

"오해요?"

"예. 저는 말씀하신 바대로 저만의 공방을 갖고 있는 사업자이며, 따라서 작가님의 출판사와도 계약을 진행하는 것 자체는 법리상 문제가 없습니다."

"그렇군요. 무슨 말씀이신지 알겠습니다."

요컨대, '착취당하던 능력자를 능력 쩌는 주인공이 알아보고 구해 줌' 클리셰는 아니란 소리 아닌가. 아쉽네.

아무튼 그러면…… 뭐가 문제인가? 내가 그렇게 묻자, 무하는 침울하게 말했다.

"그저, 제 몸은 하나고…… 그 많은 일을 감당하기 어렵기 때문입니다."

"그럼, 사람을 더 뽑으면 되지 않습니까?"

"어떻게 그러겠습니까, 작가님."

무하는 그렇게 말하며 고개를 떨구었다. 나는 눈살을 찌푸릴 수밖에 없었다.

"그게 무슨 말씀이십니까? 지금 파리에서 제일 잘 팔리는 상업 작가인 무하 작가님의 도제(assistant)를 누가 마다하겠습니까?"

"그래서입니다."

하지만 그럼에도 알폰스 무하는 눈살을 찌푸렸다.

털썩, 하고 자기 자리에 주저앉은 그는 깊은 한숨을 내뱉었다가 물었다.

"제일 잘 팔린다, 말은 좋지요. 하지만 솔직히 말해서 제가 이렇게 잘 팔릴 거라고 1년 전의 제게 말한다 한들, 절대 못 믿을 겁니다."

"그야, 뭐……."

예술이 그런 경우는 흔하지.

나는 고개를 끄덕였다. 운칠기삼이 심심찮게 터지는 게 이 바닥이니까.

"그럼 뭐가 문제죠? 설마 이렇게 터졌으니 언제 떨어질지 모른다는 말씀이십니까?"

"아뇨, 그건 아닙니다. 지금 바람도 탔고, 저도 제 실력엔 자신이 있으니까요. 다만……."

시간이, 시간이 너무 없습니다.

"저도 처음엔 도제들을 들이려 했습니다. 하지만 지금은 작업량에 따라가느라 바쁠 정도라…… 도제를 들인다 해도 기껏해야 잡심부름이나 시키겠지요. 전력이 되질 못 합니다. 그렇다고 조금 그린다고 하는 사람을 고용하기엔…… 저와 화풍이 너무 다릅니다."

"아아……."

그러겠지. 흔한 이야기이긴 하다.

나는 고개를 끄덕일 수밖에 없었다.

지금은 미술사에 있어서 말 그대로 '격변'이라 해도 좋을 시기. 춘추전국처럼 수많은 색이 난립하고 혼란한 정국이니까.

그리고 아르누보는 그중에서도 확실히 이질적이다.

기본적으로 알폰스 무하의 화풍은 직관적인 아름다움이지만, 결코 쉽지만은 않다.

극도로 이상화된 여성과 그를 장식하는 상징적인 배경과 장식에 공을 아주, 매우, 과할 정도로 공을 들이는 감각적인 화풍이다.

즉, 보기는 쉬운데 그렇다고 따라 하기엔 겁나게 **빡센**게 무하 풍이라는 거다.

게다가 최근 프랑스 예술은 쇠라 식의 점묘법(點描法)이 유행하기도 했으니까.

무하처럼 섬세한 선을 긋는 예술을 할 수 있는 화가 지망생을 찾긴 어려울 것이다.

아니, 그런 사람은 구한다고 해도 쓰기 만만찮을 거고. 돈 때문이든, 이미 실력과 함께 화풍이 자리 잡은 사람이든.

"결국 각 잡고 가르치고 경험이 쌓여야 제 실력의 반이라도 따라올 텐데, 그러기엔 일은 너무 많고 시간도 모자랍니다."

"아니, 고작 그거 때문에 걱정인가? 그냥 알아서 배우라고 하게! 도제들이란 다 그런 거 아닌가!"

거, 눈치가 좀…….

나와 무하는 잠시 지배인을 흘겨봤다. 지배인은 잠깐 움찔하더니 자기가 뭘 잘못했냐며 울컥했다.

하긴, 뭐 틀린 이야기는 아니다. 일단 이 시대에서는.

거 왜, 현대 웹툰 작가 지망생이나 드라마 작가 지망생들도 종종 겪는 문하생 시스템 있지 않은가.

그 문하생 열정 페이 문제조차, 이 시대의 도제 제도보단 훨씬 나아진 편이니까.

─스승으로서 작업하는 건 보여 준다. 하지만 거기서 배우는 건 제자들이 알아서 해결해라.

─숙식은 챙겨 준다. 하지만 돈? 왜 돈을 받지? 오히려 수강료를 받아야 하는 거 아닌가? 숙식비 안 받는 것만으로도 다행으로 여겨야지!

그런 의미에서 도제들을 진지하게 '제자'로 여기고 고민하는 무하의 인성은 참으로 옳다…… 옳긴 한데.

"그렇다고 여기서 사람을 안 뽑으면 작가님이 말라 죽을 것 같은데요."

"그건……."

안다, 알아. 그러니까 고민되는 거겠지.

실제로도 원 역사에서 알폰스 무하의 화풍을 이어받은 제자로 유명한 사람은 없다.

굳이 따지면 유라시아 반대편, 일본에서 흥한 모에 화풍 일러레들이 무하의 후계자들이겠지.

난 그게 아르누보 자체가 모더니즘의 시대에 퇴폐 문화라는 낙인이 찍혀서 그런 거라고 생각했는데, 그 속엔 이런 현실적인 고민도 있었나.

그런데 그런 거라면, 흠…….

"방법이 있을지도 모르겠군요."

"예?!"

뭐, 잘 맞을지는 모르겠지만, 일단 현재 문제에 딱 알맞은 요소긴 하니까. 한번 시도해 볼 만은 하겠지.

하지만 그 전에.

"그래서, 그렇게 진행하려 합니다만— 괜찮겠습니까?"

뜬금없는 방향을 보고 소리친 내 말에, 알폰스 무하도 극장 지배인도 의아한 표정을 지었다.

그리고 그 순간.

"참 잔인한 사람이로군요."

또각, 또각.

공방에 고급 여성용 구두 소리가 울려 퍼졌다.

나는 씨익 웃었고, 극장 지배인의 표정은 새파래졌다. 알폰스 무하가 놀라 소리쳤다.

"베, 베르나르 여사님?!"

"알폰스. 그런 고민이 있었다면 먼저 나한테 이야기해야지요."

사라 베르나르.

그녀는 느긋한 관능적인 목소리와 함께 공방으로 발을 들였다. 그 모습은 어째서 그녀가 현 프랑스 최고의 여배우라는 칭송을 듣는지 알 것만 같았다.

분명 벌써 50대 초반이라고 들었는데, 얼굴만 보면 아직도 30대 중후반으로밖에 안 보이는 미부(美婦).

한국 연예인들로 치면 김혜수나 이영애 정도 될까? 물론 둘 중 어느 쪽이냐고 하면, 기가 매우 세 보이는 게 전자 쪽 분위기다.

음, 평소 연극 감독까지 할 정도로 꽉 잡고 있는 양반이라고 하니 저 분위기도 이해가 가네.

"일단, 지배인."

"예, 예! 여사님!"

"내가 분명히 이야기했을 텐데요? 알폰스를 데려가는 건 좋지만, 본인이 싫다면 절대 강요하지 말라고."

"그, 그것이……!"

흐음, 무슨 이야기인 줄 알겠다. 나는 피식 웃으면서 고개를 끄덕였다.

요컨대 부하들의 과잉 충성이었단 이야기구먼.

그리고 그런 나의 반응을 눈치챈 건지, 사라 베르나르는 나를 흘겨보며 말했다.

"아쉽게 됐군요. 좀 더 좋은 자리에서 인사를 나누었으면 좋았을 텐데."

"그렇군요. 처음 뵙겠습니다."

"사보이 극장에서 오페레타를 만들고 계신단 이야기는 들었습니다."

"전 원작일 뿐이지만요."

"흐음, 그럼 언젠가 저희도 그런 관계로 만나 뵈었으면 좋겠군요."

"그런 이야기 하지 않으셔도, 이야기를 굳이 떠들고 다니진 않습니다."

짧은 사이에 수많은 수가 오갔으나 양쪽 모두 빙긋 웃을 뿐이었다.

그래도 명백히 내 쪽에서 큰 건을 잡고 있는 형색이었다.

명색이 프랑스 국립 극장의 지배인이 전속 디자이너를 쥐잡듯 잡았단 사실이 알려졌다간, 입방아에 휘말릴 수밖에 없을 거다.

물론, 그걸로 사라 베르나르에 큰 타격이 갈 일은 없을 거다. 다만 좀 귀찮아질 뿐이지.

나로서도, 차후 연극의 프랑스 진출을 위해서도 굳이 명망 높은 그녀와 척질 필요는 없다. 그냥 원-원으로 지나가고 싶은 거다.

그녀의 말마따나 차후 좋은 비즈니스로 만날지 모르니까.

"일단, 지배인은 해고하도록 하겠습니다."

"여, 여사님!!"

"닥치세요."

서릿발 같은 목소리다.

날 향한 말이 아닌데도 불구하고 내 손등이 가볍게 소름 돋을 정도.

"내 손발이 되어 주지 못할망정, 멋대로 내…… 디자이너를 괴롭히는 사람을 계속 쓸 순 없죠."

끌고 가라는 말 한마디에 공방 밖에서 검은 옷을 입은 자들이 들어와 꽥꽥대는 지배인을 끌고 갔다.

"그리고, 무하."

"예, 예! 여사님!!"

"너무 부담스럽게 여기진 말아요. 웬만하면 당신이 미국까지 따라와 줬으면 좋겠지만…… 정 힘들다면 어쩔 수 없지요."

"죄, 죄송합니다. 여사님."

"아니, 내가 미안해요. 하지만 만약…… 생각이 바뀌면 언제든지 날 찾아와요."

"네, 넵."

흐음. 정말 뭔가 있긴 한 모양인데.

저 뜨뜻미지근한 눈을 보라. 저게 어떻게 디자이너를 보는 배우의 눈인가.

아무튼 중요한 건 그게 아니지.

"잠시, 두 분의 이야기에 끼어들어도 괜찮겠습니까?"

음, 대배우님의 시선이 따갑다. 하지만 지금 주도권은 이미 나한테 넘어온 상황이라, 나는 허락을 얻지도 않고 바로 말했다.

"결국 지금 문제인 건 작업 시간이 부족한 것 아닙니까?"

"―그렇게 되겠지요. 그래도 말씀드린 대로 이번엔 제

가 양보해 드릴 테니 그쪽의 일을 먼저 처리하셔도 괜찮아요."

"아니, 그럴 필요는 없고요."

난 팔을 활짝 펴며 짐짓 퍼포먼스 하듯 말했다.

"양쪽 모두 한 번에 진행할 수 있게 되면 되는 거 아니겠습니까?"

"예?"

"그게 무슨……."

"아니, 뭐 별건 아니고."

공장장, 이라고 들어는 보셨습니까?

* * *

"이보게, 쟝! 오늘도 실패했나?"

"말도 마, 제기랄."

몽마르트 언덕의 어느 카바레(Cabaret).

얼치기 예술가. 아니, 예술가 지망생 쟝은 언제나처럼 싸구려 와인으로 목을 축이며 욕설을 내뱉었다.

오로지 예술에 대한 열정 하나로 청운의 꿈을 품어 파리까지 왔지만, 그의 꿈이 무너지기까지는 얼마 걸리지 않았다.

아무리 인상주의의 열풍이 잦아들고, 침체기에 접어든 미술계라지만 그래도 파리까지 이럴 줄이야…….

모든 미술계가 불경기에 접어들어, 오히려 있던 도제들마저 내보내는 판.
 아무리 찾아봐도 그를 도제로 받아 줄 공방이나 아틀리에, 스튜디오는 존재하지 않았다.
 결국 그는 아직도 삼류 대학의 삼류 지망생일 뿐이었다.
 "제기랄, 주인장! 여기 와인 한 병만 더요."
 쟝은 불콰해진 얼굴로 빈 와인병을 들어 흔들었다. 주인장은 그런 쟝에게 혀를 차며 말했다.
 "괜찮겠나? 자네, 또 외상값 밀린 건 알지?"
 "끄으으응…… 죄송해요. 반드시 갚겠습니다."
 "그러지 말고."
 카바레 주인장은 쟝에게 무언가를 내밀었다.
 쟝은 그것이 전단지임을 눈치채고는, 술기운으로 흔들리는 시선을 다잡아 내용을 확인했다.

〈……하 스튜디오에서 어시스턴트 모집〉
〈조건 없음, 성별 무관, 경력 무관〉
〈영어 사용자 우대〉
〈월급 제공〉

 월급 제공?!
 쟝은 눈을 크게 떴다. 도제에게 월급을 준다고? 회사의 사원처럼?

'이게 무슨 말도 안 되는 소리야.'

제자로 들이는 조건은 널널한데 급여까지 준다고? 혹시 이 스튜디오 주인이 빨갱이라도 되는 건가?

그렇게 의심하며, 쟝은 맨 위의 스튜디오 이름을 다시 한번 확인했다.

〈알폰스 무하 스튜디오에서 어시스턴트 모집〉

"허어."

알폰스 무하, 명실공히 최근 파리에서 제일 잘나가는 화가였다.

비록 체코 출신, 슬라브 야만인이긴 하지만, 실력만은 사실이며 특유의 독특한 화풍은 순식간에 파리를 장악했다.

……물론 항간에서는 지나치게 세속적이지 않냐는 말도 있었지만, 최소한 그에겐 해당하는 이야기가 아니었다.

'당장 주머니가 비었는데 그게 중요한가?'

심지어 원래부터 그리 의뢰가 많은데도, 공방에서 인원을 뽑지 않기로 유명했던 곳.

그런데 이렇게 도제를 뽑는다고?

'이건 기회다!'

쟝은 주인장에게 감사의 인사를 나눈 뒤 기분 삼아 와

인 하나를 더 달아 두었다.

내일 날이 밝으면 바로 찾아갈 요량으로.

'그나저나 과연 내가 뽑힐 수 있을까?'

약간의 불안을 와인으로 털어 넘기면서.

하지만 그런 그의 걱정은 기우가 되어 버렸다.

그도 그럴 것이…….

"여기, 선 다 따났습니다!"

"다음, 채색으로 보내요!!"

"이쪽 살짝 삐져나왔습니다만……!"

"최대한 지우개로 지워 봐요!! 안 되면 나중에 붙여넣으면 되고!"

이게 뭐지? 닭장? 그런 생각이 들 수밖에 없는 광경이 눈앞에 펼쳐져 있었기 때문이다.

과연 당대 파리에서 제일 의뢰가 많은 곳답게, 무하의 스튜디오는 다른 곳에 비해 꽤 큰 편이었다.

집 안에 있는 것도 모자라서 방 3개짜리 아파트였으니 더더욱 그러했다.

그럼에도 지금 이 공간은…… 굉장히, 굉장히 좁아 보였다.

여타 화방에서 보이는 이젤이 세워 있는 게 아니라, 거대한 책상 앞에 수많은 화가가 2열로 앉아 있었으니.

그 모습을 본 쟝은 무심코 떠올릴 수밖에 없었다.

'……공장?'

정말 돈이 없을 때마다 가끔 찾아갔던 파리 인근의 경공업 공장.

사람이 마치 톱니바퀴처럼 쓰였던 그 풍경이 강하게 오버랩되었던 것이다.

그렇게 그가 정신을 못 차리고 머뭇거리고 있는 사이, 테이블 틈을 종횡무진 누비던, 어쩐지 낯이 익은 금발의 아름다운 처녀가 다가와 소리치듯 말했다.

"어서 와요! 새로 오시겠다고 하신 분이죠?"

"예, 예. 그렇습니다. 쟝이라고 합니다."

"반가워요. 아델라 무하예요."

무하. 예상은 했지만 아무래도 이 사람이 알폰소 무하의 여동생, 즉, 실질적인 매니저인 듯했다.

그러고 보니 그의 그림에서 이런 이목구비의 여성을 여러 차례 본 기분이 들었다.

"일단 여쭤볼게요. 먹선은 그을 줄 알아요? 채색은? 혹시 배경도 가능한가요?"

"어, 네, 제가 이래 봬도 예술대학 졸업자입니다. 무슨 일이라도 시켜만 주시지요."

처음엔 생경한 환경에 놀라긴 했지만, 어차피 자기는 이곳에 일하고 싶어서 오지 않았나.

그런데 사람이 이렇게 많으니…….

잘못하면 돌아가라고 할지도 모른다는 불안감이 엄습했다.

'그럴 수는 없지.'

쟝은 다소 긴장하면서도 자신 있게 어필했다.

보통 도제는 잡무부터 시작하기에 무엇을 할 수 있는지부터 묻는 게 특이했지만, 그에게 그것까지 생각할 틈은 없었다.

그러자 그녀는 몇 번 자신을 위아래로 훑어보더니 빙긋 웃으며 말했다.

"그래요? 그럼 색칠 정도는 하겠네요. 그래도 바로 넘어갈 수는 없으니, 우선 이쪽 작업부터 시작해 보죠. 받으세요."

"예?"

아델라가 근처의 책상에서 무언가를 꺼내더니 내밀었고, 쟝은 무의식적으로 그것을 어벙하게 받아 들었다.

"자, 이게 작품 공정의 예시니까, 똑같이 따라 하시면 됩니다. 옆에서 계속 넘어올 테니, 일단 이 3페이지만 채색해 주시면 돼요."

"이건……."

그곳에는 〈일러스트레이션 공식 자료집〉, 〈저자 : 알폰스 무하〉라는 제목이 적혀 있었다.

"오빠. 아니, 선생님의 작업 자료집이에요. 이쪽에 익숙해지면 다음 작업으로 넘어갈게요."

그 안에는, 어떻게 그려야 하는지에 대한 강의와 함께 판화로 찍힌 그림이 그려져 있었다.

앞쪽을 넘겨 보니, 자신에게 맡긴 흑백의 3페이지와는 다르게, 아르누보 특유의 화려한 채색이 가미된 페이지가 보였다.

난생처음 보는 개념의 책자에 그는 어안이 벙벙하면서도 손을 놀리기 시작했다.

그러면서도 눈은 계속해서 책의 내용을 따라 읽고 있었다.

강렬한 색채. 그리고 섬세하게 조율된 선.

화려함을 강조하기 위해 일부러 색의 배치를 조절하고, 음영을 고려해 얼굴 부분에는 살짝 짙은 황색을 쓰지만, 턱을 기점으로 서서히 내려오며 하얗게 탈색되는 기법에 대한 설명.

'당장 들어온 도제에게 이런 것까지 알려 준다고?'

물론 본다고 바로 따라 할 수는 없었다.

대충 따라는 그릴 수 있을지 몰라도 작품 특유의 펜 터치나, 퇴폐적으로 느껴지는 감성까지 담을 수는 없을 테니까.

'대체 무슨 생각인지는 알 수 없지만.'

엄청난 기회라는 점은 확실했다.

심지어 지금 이 작업조차도 예시를 보면서 특유의 색 농담(濃淡)을 맞추는 연습이 될 정도였으니까.

보통 3년이 넘게 일해도 도제들에게 붓조차 들지 못하게 하는 경우가 있다는 것을 생각하면, 여러모로 파격적이었다.
 그는 계속해서 손을 움직였다.
 단순히 돈이나 그런 문제가 아니었다. 이곳에서 최대한 많은 것을 흡수하고 싶었다.
 그리고 뒤에서 그 모습을 흐뭇하게 지켜보고 있는 아델라 무하가 있었다.

* * *

 내가 알폰스 무하에게 제안했던 건 다른 게 아니다.
 말 그대로, '공장화'다.
 이래저래 미래의 어시스턴트 시스템이라 볼 수 있지.
 분업화해서 작가는 밑그림만 그리고, 펜 선, 채색, 배경 같은 건 전부 어시들이 맡는 그거 말이다.
 분업은 곧 인류의 대량 생산을 한 발짝 더 가속시켰고, 사실상 현대 인류의 생활 양식 변화를 초래했으니까.
 마침 무하의 그림체는 각 부분이 선으로 확실하게 나뉘어 있었기에, 만화와도 닮은 부분이 많다.
 문제라고 함은 거기에서 무하의 노하우가 유출되는 점이었는데…….
 ─상관없습니다.
 ─예? 정말 괜찮으신가요?
 ─예, 제가 뭘 대단한 무언가도 아니고…… 오히려 제

가 만든 화풍이 더 많은 이들에게 퍼질 수 있다면 더할 나위 없지요.

확실한 것은 무하가 특이한, 어찌 보면 정말 선한 성격이라는 점이었다.

―그렇게 되면 저도 좀 잘 수 있겠지요?

―…….

아니, 너무 일이 많아서 그런 것인가?

안 그래도 일에 치여서 살던 사람이고 차후 그래서 자신의 노하우가 담긴 서적을 발매했던 사람이었던 만큼 당연한 수순이었을지도 모른다.

그래서 나도 그쪽으로 아이디어를 뽑아 주었다.

그중 하나가 바로 그의 콘셉트 디자인을 담은 책인 〈공식 자료집〉 출간이었다.

간단한 부분은 판화를 사용한 뒤, 세세한 부분의 리터칭을 담고, 그것을 여러 직원을 통해서 일반 채색보다는 더 디테일한 채색을 선보이며 '전문 서적'다운 질을 확보한 것이다.

완전 대량 생산까진 아니라도 이 프리미엄이 꽤 히트했다.

최소한, 예술의 도시인 파리에서는 다른 이의 비기를 담은 '비급서'를 사는데 돈을 아끼지 않을 사람이 엄청나게 많이 있었으니까.

밀러 씨와 나의 출자를 합친 이 사업의 성공으로 무하

알폰스 무하 〈29〉

는 미국 투어에 따라갈 틈을 만들 수 있었고, 나와의 계약은…….

"처음 뵙겠습니다…… 안나 무하입니다……."

"반갑습니다. 한슬로 진입니다."

"호와아…… 잘 부탁드려요오……."

나는 묘하게 느긋해 보이는 알폰스 무하의 둘째 여동생, 안나 무하와 손을 잡았다.

오빠의 작품을 관리해 줄 사람으로, 여동생인 그녀가 전담으로 런던까지 따라와서 일을 담당해 주기로 한 것이다.

알폰스 무하가 평하길 '손이 빠르고 이해도가 높은 아이'라는 사람답게, 많은 부분에서 도움이 되고 있었다.

"음, 앞으로 잘 부탁드립니다……."

아무튼, 이렇게 새로운 노예…… 아니, 일러스트레이터님을 섭외했다.

이걸로 차후는 점점 넓히면서 '알폰스 무하 스튜디오의 영국 분점'까지 만들 수 있겠지.

당장은 소량 제작으로 시작할지 몰라도, 이대로 점차 스튜디오가 커지면 점점 더 그림이 쏟아져 나올 거다. 그럼 이게 진정한 팝아트가 아닐까?

그리고 그러한 내 야욕의 첫 번째는 바로…….

"안나 무하 씨. 혹시 아트북 내 보실 생각 없으십니까?"

"아트북…… 이요? 설마 〈피에르 페리스〉요?!"

"네. 그거요."

나는 고개를 끄덕였다.

이번 무하와 계약하려 한 원인이기도 하다.

비록 내가 금단의 비기인 휠체어 소환술까지 사용했지만, 아직도 〈피터 페리〉의 완결을 받아들이지 못한 팬들도 많다.

그런 사람들 입에 물려 줄 맛 좋은 떡, 그 첫 타자로 뽑은 것이 바로 아트북이었다.

"출판사에 가면 제가 예전에 넘겼던 설정자료집이 있을 겁니다. 거기서 맘에 드시는 거 아무거나 뽑아서 원하시는 만큼 디자인해 주시면 됩니다."

"예, 예!! 물론이죠. 헤헤, 아트북, 아트북……! 〈피에르 페리스〉의 설정 자료집……!"

침, 침 흘러요 이 사람아.

무하가 내 작품의 찐팬이라고 하긴 했는데, 설마 이 정도일 줄은 몰랐네.

이렇게 안나 무하를 런던으로 보내고, 벤틀리 출판사를 통해 인수해 가라고 연락해 뒀다. 이제 벤틀리랑 안나가 알아서 하겠지.

흠, 뭔가 돌아간 감은 있지만, 그래도 일이 착착 진행되는 분위기라 아주 만족스럽구먼.

그렇게, 다시 편안하게 프랑스 여행을 즐기려던 찰나.

"여기. 진, 어…… 진 하안슬이라는 사람이 있습니까?"
"아, 네 접니다."
"네, 런던에서 벤틀리 씨가 보낸 전보입니다."
"런던이요?"

뭐지? 엄청 급한 일이 아니면 연락할 일이 없을 텐데, 나와 계약한 신규 노예는 아직 도착하지도 않았을 테고.

내가 그렇게 의아한 마음으로 전보를 펼치자, 출판사에서 받은 요청서를 첨부한 내용이 눈에 들어왔다.

그 발신지는…… 놀랍게도 미국, 뉴욕.

그것도 그 유명한.

"……조폐국 경찰대(USMP: United States Mint Police)?"

니들이 여기서 왜 나와?

폼페이 리포트

 잿빛 쇠창살 너머로 보이는 담쟁이 잎이 푸르다.
 前 오스틴 제1 국립은행의 은행원, 윌리엄 시드니 포터는 퀭한 눈으로 창밖을 보며 생각했다.
 '어디서부터 잘못된 걸까.'
 아니, 잘못되었다는 건 처음부터 알고 있었다.
 애초에 사기 아니었던가.
 하지만 성공했을 때의 그 장밋빛 미래가 너무…… 달콤했다.
 '이건 정말 고객님에게만 말씀드리는 겁니다.'
 '저 혼자서도 상관은 없습니다만, 고객님이 저희 은행에 보내 주신 신뢰를 조금이나마 갚고자 하는 마음에—.'
 '고객님과의 우정이야말로 어떤 돈으로도 살 수 없는

값진 보물이지요. 하하하.'

 1차 투자자들의 돈을 모아 겉으로만 그럴듯한 가짜 회사를 세우고.

 2차 투자자들의 돈을 모아 1차 투자자들에게 그대로 넘기고.

 3차 투자자들의 돈을 모아 절반을 2차 투자자에게 넘기고, 절반을 먹으면서…….

 4차부터는 점점 많은 돈이 모이지만, 뒤로 빼돌리는 금액은 더 많아진다.

 그렇게, 나만 빼고 모두가 상처받는 세계가 완성된다.

 잘못됐다.

 잘못이다.

 불법이다.

 그런 건, 알고 있었다.

 그렇지만.

 "그게, 뭐가 나쁜데……!"

 윌리엄 시드니 포터는 이를 악물었다.

 원래 세상이 그렇게 돌아가는 거 아니던가? 저 부유한 강도귀족, 맨해튼과 디트로이트를 지배하는 강도왕들은 어디 도덕적으로 돈을 벌었던가?

 부유하지 못했던 집안, 굶진 않겠지 싶어 택했던 약사의 길, 그런데도 굶어야 했던 생활.

 정말 뭐든지 해 봤다.

지방악단에서 만돌린이나 기타를 치기도 했고, 지역 신문기자로도 일했고, 주간지에서 데뷔도 해 봤다.

하지만 그 모든 게 전부 실패했다.

그러나, 제일 큰 실패는.

'제레미.'

제레미 포터. 태어난 지 얼마 되지도 않아 하나님의 품으로 떠나야 했던 그의 작고 여린 아들.

다행히 둘째 딸, 마가렛 포터는 살아남았다. 바꿔 말하면, 무슨 일이 있어도 살려야 했다.

그래서 범죄를 저질렀다. 아들을 잃었는데 딸마저 잃을 수는 없었으니까.

딸마저 자신의 가난을 대물림할 수는 없다. 무슨 일이 있어도 영국으로 보내, 귀족가의 여주인으로서 배불리 먹고살게 해 주고 싶다.

그래서, 그 영국인 상사의 손을 잡았을 뿐인데…… 조금만 더, 기다렸다가 모인 돈을 갖고, 핑커톤을 통해 해외로 도피하기만 했다면! 그랬다면, 아내 애설(Athol)도 딸 마가렛도…… 남부럽지 않게 살 수 있었을 텐데.

'그런데 거기서!!'

—손 들어! 너희를 사기 혐의로 체포한다!

—너희들은 묵비권을 행사할 수 있고, 변호사를 선임할 권리가 있으며—!!

조폐국 경찰대. 그들이 샷건으로 문을 부수고 들어온

순간부터 모든 것이 어그러졌다.

영국으로 튀려는 그 순간, 마치 대기하기라도 하고 있었던 것처럼, 조폐국 경찰대가 그와 영국인 상사, 그리고 그 외 높고 낮은 이들을 전부 잡아간 것이다.

그는 개머리판으로 맞아서 얼얼한 뒷머리를 감싸며 고개를 푸욱 숙였다.

이젠, 끝났다.

윌리엄은 알고 있었다. 그가 사기 친 인물 중에는 텍사스는 물론, 근처의 주에서도 거부라 불릴 만한 이들이 수도 없이 많았다.

그들에게서 거둬들인 금액은 상상을 초월한다. 그 돈을 해외로 갖고 날랐으면 모르겠지만, 그렇지 못했으니 그 금액은 그대로 그의 형량으로 돌아오리라.

아마, 아내도 딸도 다신 만나지 못하겠지.

어쩌면 사형이 될 수도 있고.

그런…… 그런 건 너무.

툭!

그러던 그의 앞에 종이 뭉치 하나가 떨어졌다.

그는 조용히 고개를 들어 올려다보았다. 거기엔 아까부터 우적우적 도넛을 먹고 있던 경찰관이 있었다.

"거, 사람 밥 먹는데, 기분 나쁘게 질질 짜지 말고 이거라도 보고 있으쇼."

그가 던진 것은 잡지, 〈템플 바〉였다. 윌리엄은 무의식적으로 익숙하게 손을 뻗었다. 그도 그럴 게.

'빈센트 빌리어스.'

그가 이렇게 된 계기를 제공했던 바로 그 〈빈센트 빌리어스〉가 연재되는 잡지.

매달마다 눈에 불을 켜고 본 책이기도 했다.

"그래, 그래도 보긴 하나 보구먼. 괜히 훌쩍이며 궁상 떨지 말고 책이나 읽으며 조용히 있으슈."

'인제 와서 무슨…….'

하지만 그럼에도 그는 조용히 책장을 넘겼다. 간수의 허리통만 한 근육에 위압되었다든지 그런 건 절대 아니었다.

그리고 곧.

"으으……."

—죄는 미워해도 사람은 미워하지 말라(Cum dilectione hominum et odio vitiorum.)지. 이해한다. 나도 이해는 안 됐어.

—하지만, 더러운 돈을 찾아서…… 카리브해 밑바닥에 가보니 이해가 되더군.

—하나님께선, 언제나 두 번째 회개의 기회를 주시더군.

"흡…… 흐흑……."

그의 눈망울에서 굵은 물방울이 잎새처럼 떨어졌다.

그래, 빈센트도 카리브해 밑바닥에서 돌아와 다시 한번

일어선 사람 아닌가. 머리에 든 것만 그대로라면 다시 시작할 수 있다. 설사 금융인으로선 다시 설 수 없는 상황이라 하더라도, 손가락을 움직일 수는 있다. 그리고, 편지를 써서 보낼 수도 있겠지.

 글을 쓰자.

 아내와 딸을 먹여 살리기 위해서 뭐라도 못하겠는가. 그런 마음에 윌리엄은 계속 잎새 같은 눈물을 흘려 댔다.

 "허, 조용히 있으라 했는데……."

 간수는 씁쓸한 표정으로 고개를 흔들어 댔다.

* * *

 파리, 주프랑스 미국 대사관.

 "……그렇게 된 겁니다. 밀러 씨."

 "흐음. 그렇습니까."

 밀러 씨는 고개를 끄덕이며 등 뒤의 나에게 눈빛을 보냈다. 나 역시 고개를 끄덕이며 최대한 흥분함을 감추었다.

 지금 여긴 나와 밀러 씨만이 있는 자리가 아니었다.

 주프랑스 미국 대사, 제임스 비들 유스티스(James Biddle Eustis).

 주프랑스 영국 대사, 제1대 더퍼린 후작(Marquess of Dufferin).

여기에, 병으로 쓰러진 인기 작가 한슬로 진이 요양 온 프랑스에서 그 대리를 맡고 계신 우리의 프레데릭 알바밀러 씨까지.

이 셋이 모여서 현재 미국을 강타한 폰지 사기에 대한 내용이 오가고 있는 자리였다.

"일단, 런던 증권거래소에서 미리 문제의…… 음, 〈폼페이 레포트(Pompeii Report)〉를 뉴욕 증권거래소에 보내 줬던 덕에, 저희 미국에서도 발 빠르게 대처할 수 있었습니다. 이 점, 감사하게 생각합니다."

실제로는 이렇다.

사실 증권거래소끼리는 결국 손잡고 사이좋게 갈 수밖에 없는 처지니까.

런던 증권거래소 윗선에서는 내 자료— 속칭 〈폼페이 레포트〉를 홍콩, 뉴욕의 증권거래소에서도 미리 보내뒀고, 그 덕에 폰지 사기를 알아보는 방법과 적절한 대처법을 미리 알아 뒀다는 거 같다.

근데 왜 이름이 폼페이 레포트냐. 하룻밤 만에 망해 버리게 만드는 사기라서 그런가? 흠, 나름 괜찮네.

"그래서, 범죄자들은 다 잡은 상황입니까?"

"예. 런던 증권거래소에서 근무했던 문제의 영국 국적의 범죄자 또한, 조폐국 경찰대가 체포해 둔 상황입니다."

"으음. 영국인으로서는 정말 부끄러운 일이군요. 개인

으로서는 심심한 위로의 말씀을 드립니다."

"아닙니다. 이 일을 막을 수 있었던 것도 영국인이신 작가님의 선견지명이 있었기 때문이 아닙니까? 저희로선 그저 감사할 따름이지요."

거참, 그 장본인이 눈앞에서 있거든요…… 영국인도 아니고. 하지만 대놓고 금칠하고 있기에 난 나도 모르게 하하, 하며 마른 웃음을 흘렸다.

하긴, 요양 중인 작가가 여기 있으리라고 누가 상상이나 하겠어.

아무튼 분위기는 꽤 화기애애했다. 물론 주미 영국 대사관이나 주영 미국 대사관 쪽에서는 지금쯤 전보기가 활활 타오를지 모르겠으나, 여긴 프랑스니까.

아무래도 한 발자국 떨어져 있을 수밖에 없는 거다.

"그런데, 참…… 대단한 작가님이시군요. 대체 어떻게 일개 소설작가가 그런 혜안을……!"

"허허, 저도 잘은 모르겠습니다만…… 추리소설의 종주국이 된 우리 대영 제국의 문학계에 그런 밝은 별이 많다는 건 참 좋은 일이지요."

"하하하! 이것 참, 에드거 앨런 포의 나라로서 참 부끄럽습니다."

아니, 난 토종 한국인이라고. 단군 할아버지가 터 잡으신 불지옥 반도에서 떠난 적이 없는 순혈 태생이라 이 말이야! 그런데, 님들이 왜 그리 자존심을 세우는 건데?

나는 어이가 없다는 눈으로 밀러 씨를 바라봤다. 그러자 그는 내 스피커 역에 충실하게 한 번 헛기침을 한 뒤 말했다.

"크흠. 유스티스 대사님. 그러면 혹시 이, 조폐국 경찰대의 요청서는 대체 어떻게 된 건지 여쭤볼 수 있겠습니까?"

그러자 그제야 눈싸움을 마친 대사가 이쪽을 바라봤다.

"아, 예. 저도 본국에 전화를 걸어 보고 안 겁니다만, 경찰대에서도 해당 레포트를 보고 실행한 범죄자가 문제일 뿐, 딱히 한슬로 진 작가님께 책임을 씌울 생각은 없습니다."

"음, 그야 당연히 그래야죠."

"예. 다만 출판사나 런던 증권거래소에서 추가적인 정보가 있을지 모르니, 혹시 있다면 참조 자료로 얻고 싶다는 뜻이죠."

"과연, 그런 느낌이라면 이 내용도 납득입니다. 하하, 안 그래도 다망하신 우리 작가님께서 이런 일로 신경 쓰면 큰일 아니겠습니까? 지난번 〈피터 페리〉 소동 때도 큰 곤욕을 치르셨는데 말이지요."

"하하, 그렇지요. 안 그래도 저도 그 소식을 듣고 참 안타깝지 뭡니까. 우리 대영 제국의 큰 별을 잃을까 걱정이 많았습니다. 안 그래도 이번 일은 제가 잘 이야기를 전해서 꼭 작가님께 폐를 끼치지 않도록 노력해 보겠습니다."

"잘 부탁합니다."

그래, 이 정도면 충분하겠지.

그나저나.

"아, 그리고 보니 여기 참조인으로 쓰여 있는 '윌리엄 시드니 포터'라는 사람은……."

내 물음에 대사는 네가 뭔데 여기 껴? 하는 듯한 의아한 눈빛을 보내더니 밀러 씨의 눈짓에 천천히 입을 열기 시작했다.

"음. 원래는 그냥 은행원이었던 자였다고 합니다. 뭐, 이번 사건에서 고객들을 모집했던 실행책 격인 사람으로 현재는 유치장에 가둬 두고 있습니다. 대충 들어 보니 왠지 크게 반성하고 있고 뒤처리에 도움이 되는 정보를 많이 제공하는 모양이라, 사법 거래(plea bargain)로 형량이 좀 줄어들 거 같다더군요."

덕분에 처리가 빨라졌답니다.

그는 그리 너스레를 떨면서 찻잔을 입에 댔다.

흠. 그런가.

뭐, 내가 신경 쓸 만한 일은 아니겠지. 주워 먹는 것도 재능의 편린이나마 보였을 때 하는 거니까.

하여튼 덕분에 사건이 크게 퍼지지 않게 되었으니 다행이라면 다행이려나?

그렇게 가볍게 생각하고 있는 와중.

"아무튼, 그래서 아직 확정된 이야기는 아닙니다만…… 밀러 씨, 혹시 뉴욕으로 연락을 넣어 주실 수 있겠습니까?"

"뉴욕 말씀이십니까?"

"예. 웬일로 그 '모건'이 만나서 직접 감사 인사를 드리고 싶다고 하시더군요."

"예?!"

모건이라니.

그 금융왕 모건?!

* * *

잠시 시간을 되돌려, 영국발 '베어링스 스캔들'이 터진 조금 뒤 시점의 미합중국.

"시발, 이게 사실이야?"

"내 돈!! 내 돈이 영국은행 새끼들의 수작질에 날아간 거였다고!?"

"D.C는 뭐 하냐!! 당장 영길리 제국주의자 놈들한테 전쟁을 선포해!! 이건 금융으로 한 선전 포고다!"

미국 여론은 순식간에 '반영(反英)' 감정으로 활활 타오를 수밖에 없었다.

아르헨티나 쿠데타, 베어링스 은행 파산 위기, 이로 인해 촉발된 1890년 런던 공황.

이는 필연적으로 영국과 연계되어 있을 수밖에 없던 미국 경제에도 큰 타격을 주었고, 1893년 공황으로까지 이어졌기 때문이다.

뱅크런이 이어졌고, 외국인 투자자들은 미국 국채를 매매했다. 실업률이 증가했고 디플레이션으로 농업이 피폐해졌다.

단순 계산으로도 600여 은행이 파산했고 광산, 철도 노동자들의 파업이 줄을 이었다.

민심은 당연히 흉흉해졌다. 이런 상황에서 런던발 '베어링스 스캔들'까지 상륙했다.

이에 되레 쾌재를 부른 건, 1892년 대선에서 패배했던 공화당이었다.

"기회다!!"

"클리블랜드, 그 풍보 대통령은 잘 알려진 친영파지요! 1888년 때도 잘 통했으니 이번에도 통할 겁니다!"

"이걸 퍼트려서 이게 다 영국 때문이라고 선동합시다."

"대선은 졌지만, 중간선거는 이겨야 하지 않겠습니까!?"

망해 버린 경제.

평소보다 더 뼈아픈 태풍 피해.

뜬금없는 반영 여론.

만약 영국을 때려서 해결된다고 하면 여당인 민주당도 동조했을 것이다.

하지만, 그렇다고 세계 1위의 해군 국가인 대영 제국에 아직 얼치기 열강인 미국이 어떻게 싸움을 건단 말인가.

갑작스럽게 돌아가는 요상한 분위기에 간신히 염원하던 2번째 임기를 시작한 전 22대, 현 24대 대통령 그로버 클리블랜드는 머리를 쥐어뜯으며 이렇게 소리쳤다.

"하나님, 씨발!! 내가 대체 댁한테 뭘 잘못했다고!!"

그나마 다행인 부분은, 이내 런던 증권거래소에서 영국 은행과의 오해를 풀었다며 무죄 판결이 내려진 것.

그리고 미합중국의 디폴트를 막기 위해 맨해튼의 금융왕이 나섰다는 사실이었다.

바닥난 재무부를 채우기 위해, 존 피어폰트 모건(John Pierpont Morgan)이 국제 금융회사들과 함께 만든 인수 자금은 무려 금 1억 달러어치.

가히 천문학적인 금액이다.

실제로 클리블랜드는 간신히 한숨을 돌릴 수 있었다.

"고맙소, 모건! 그대야말로 나의 구세주요!!"

"너무 그러실 것 없습니다, 대통령 각하. 조국의 위기에 나서는 건 애국자로서 당연한 것 아니겠습니까."

조국은 무슨, 수틀리면 나라고 뭐고 다 팔아 치울 거면서.

클리블랜드는 그렇게 생각했다.

실제로 모건이 이번에 중계로 들어가서 취한 이윤은 약 500만 달러. 1억 달러에 비하면 새 발의 피긴 하지만, 그래도 적잖은 돈이다.

그러나 어쨌든 은혜를 받은 입장에서 뭐라 말할 순 없지. 그는 채무자가 채권자에게 쓴소리할 정도로 멍청하진 않았다.

대신 확실하게 선을 그었다.

"무엇을 원하시오? 말씀만 하시오. 내 들어 줄 수 있는 한에서 들어드리리다."

"그러면, 이것부터 봐주시겠습니까."

모건은 품에서 엄중히 봉인된 서류 하나를 꺼냈다. 클리블랜드는 의아해하면서 그 서류의 봉인을 풀었다.

"이것이 무엇이오?"

"런던 증권거래소에서 사과를 겸해 보낸 것입니다만, 그들이 말하길…… 일명, 폼페이 리포트라고 하더군요."

폼페이라니, 관광도시 개발 프로젝트인가?

클리블랜드는 잠깐 그렇게 생각했지만 수십 분 뒤, 그 실체를 본 뒤엔…… 도저히 그런 느긋한 생각을 할 수가 없었다.

"이게, 대체 무엇이오."

"다이너마이트지요."

잘못 터트리면 광산 하나가 아닌, 국가 단위의 경제를 통째로 말아먹을 수도 있는.

모건은 그것을 그렇게 정의했다. 아직 핵폭탄이 없는 시대, 그나마 가장 잘 어울리는 비유였다.

"대통령 각하, 저는 소위 사람들이 말하는 강도귀족입니다. 귀족 중에서도 가장 상위에 있으니, 대공급은 되겠죠."

모건은 그렇게 자부심 섞인 너스레를 떨었다. 물론 금융왕이라는 별칭에 비하면 살짝 겸손한 축이긴 했다.

"하지만 그렇기에, 제가 해 처먹을 이 나라의 경제가 이런 수작질에 놀아나는 것은 원하지 않습니다. 제가 원하는 건 어디까지나 법과 규율 안에서 자유 경쟁하는 경제입니다."

"……흠."

클리블랜드는 고개를 끄덕였다.

물론 그도 모건의 말에 모두 동의한 것은 아니었다.

어쨌든 모건 역시, 이 미국의 경제를 모기마냥 쪽쪽 빨아먹으려 드는 인간이라는 점에선 별반 다르지 않으니까.

하지만 적어도, 숙주를 죽여 버리려는 녀석과 그렇지 않고 공생하려는 놈을 동일시할 수는 없었다.

"좋소. 그렇다면 내가 무슨 도움을 주면 되겠소?"

"이번 기회에 저희는 이쪽 방면이 무척 취약하다는 것을 깨달았습니다. 그런 만큼, 금융 범죄를 전문으로 단속하는 경찰집단을 수립하는 것은 안 되겠습니까?"

"그건 어렵지. 지금 우리 당이 그런 걸 수립하려 한다고 해 보시오. 누가 좋아하겠소?"

야당인 공화당이겠지.

  모건은 피식 웃으면서 고개를 끄덕일 수밖에 없었다. 미합중국은 중앙정부가 하는 일에 중지를 치켜올리는 것을 자랑으로 여기는 개인주의자들의 나라니까.

  "대신, 조폐국 경찰대를 빌려주겠소."

  "시크릿 서비스(Secret Service : 재무부 산하 위조지폐 방지 정보 기관)는 안됩니까?"

  "그랬다간 내가 여당인 민주당에게 배신자라고 욕먹겠지. 절대 안 되오."

  시크릿 서비스가 설립된 이유가 무엇인가? 남북전쟁 당시 남부 연합이 북부의 화폐를 무단으로 찍어 내자, 이를 막기 위해 링컨이 만들었던 기관이 아닌가.

  그런 만큼, 남부 연합의 의지를 이어받은 민주당이 시크릿 서비스를 눈엣가시처럼 여기는 것도 어쩔 수 없었다.

  모건은 어깨를 으쓱이고는 말했다.

  "좋습니다. 그러면 그렇게라도 해 주십시오."

  "그럽시다. 그런데…… 한 가지만 묻겠소."

  "말씀하시죠."

  "이, 폼페이 리포트라는 건 대체 어느 악마가 점지한 경제학자가 쓴 리포트요? 아니면, 혹시 어느 희대의 범죄자가 천사의 속삭임을 들어 회개한 다음 쓴 건가?"

  "아."

그 말에 모건은 자신도 모르게 쓴웃음을 지었다.
비슷한 말을 그의 회사, JP모건 체이스(JPMorgan Chase & Co)나 뉴욕 증권거래소의 분석가들, 그리고 하버드나 예일 등의 경영대학원 교수들도 비슷한 이야기를 했기 때문이다.
"소설가라 합니다."
"……소설가?"
무슨 소설가가 그런…… 아니, 아니지.
"그렇다면 이번 기회에 우리 쪽으로 영입하면 좋겠군. 글 쓰는 것도 힘들 테니 돈 좀 쥐여 주면 영입도 쉬울 테고."
"글쎄, 그게 쉬우면 좋을 텐데 말이지요."
"응?"
"가능만 했으면 제가 먼저 고용했을 겁니다."
어차피 글자를 끄적이는 것이 이쪽에서 일하는 것보다 많이 벌 리가 없지 않은가? 대체 뭐가 어렵다는 거지?
하지만 그런 그의 말에 눈앞의 금융왕은 쓴웃음을 지며 답했다.
"한슬로 진, 이라고 하더군요."
"아…… 그 작가. 나도 말은 들었지만."
그 말에 클리블랜드는 신음성을 흘릴 수밖에 없었다.
그야말로 최근 제일 돈을 쓸어 담는다고 해도 이상하지 않은 사람이었으니까.

"대체 그런 자를 모시려면 얼마나 돈을 부어야 하는지 가늠이 안 되는군요."

'게다가 로스차일드, 그놈들이 벌써 이 작자와 손을 잡고 있단 말이지.'

이번, 신디케이트를 조성할 당시 로스차일드에게 얼핏 들었던 이야기.

정확히 말하면 영국 로스차일드 분가의 소가주라곤 하지만, 그가 한슬로 진이 세운 자선재단의 회계를 맡아 주고 있다는 것을 알고 어찌나 놀랐는지.

'이 빌어먹을 유대인 놈들이 감히 그런 블루칩을 선점해!?'

물론 잡지 연재나 할 때는 관심도 안 가졌다.

어쨌든 그는 문학적인 대사 한 줄보다 통장에 찍히는 금액 한 줄에 더욱 일희일비하는 인간이므로.

하지만 폼페이 리포트를 본 순간, 그는 알 수 있었다.

그가 보인 이 비정상적인 경제적인 혜안에는, 분명 무언가가 있다.

보불전쟁 당시, 모든 이들이 '프랑스가 모라토리엄을 선언할 것'이라고 할 때 프랑스에서 느껴졌던 것과 비슷한 감각.

속된 말로 '돈 냄새'라고 하는 육감이, 이 '폼페이 리포트'에서 풀풀 나고 있었다.

'물론 확신은 할 수 없지만.'

클리블랜드와의 접견에서 나오는 백악관의 복도에서 모건은 생각했다.

단순한 감각만으로 투자를 결정하기엔 이제 그의 덩치가 너무 크다. 게다가 이미 주인까지 있는 먹이 아닌가.

그렇다면, 일단은 때를 기다린다.

그리고 실제로 그럴 만한 가치가 있다는 것이 밝혀진다면……

'어떻게든 먹어야지. 빼앗아서라도.'

사람들은 흔히 그를 강도귀족이라고 부른다. 하지만 그는 그보다, 콘크리트의 정글이라는 말이 더욱 기분이 좋았다.

정글은 모름지기 약육강식.

가장 강력한 포식자가 모든 것을 집어삼키는 무법천지.

그리고 그는 그 무법천지에서 모든 것을 집어삼키는 콘크리트의 재규어였다. 아나콘다였고, 악어였다.

설령 로스차일드가 상대라도, 그럴 만한 먹이라면 충분히 혈전을 벌여서라도 잡아 올 가치가 있다.

모건은 그렇게 생각했고, 그 생각은 조금 뒤, 텍사스에서 웬 얼치기가 리포트에 나온 그대로 투자상품을 만들어 설치다, 리포트에 있는 방법 그대로 잡혔을 때 현실로 굳어졌다.

자유경쟁을 사랑하는 금융왕은, 그런 맛 좋은 고기를 로스차일드 혼자만 먹어 치우는 것을 보고 있을 수 없었다.
 기회가 생긴다면, 놓칠 수 없지.
 "무슨 일이 있어도 먹고 말겠어."

* * *

 "그래서, 미국엔 갈 건가?"
 "제가 미쳤나요."
 나는 코웃음을 치고 밀러 씨의 말에 고개를 저으며 말했다.
 미국? 잠깐 여행 삼아 갔다 오면 좋긴 하겠지. 나름 낭만이 펼쳐지고 있는 동네 아닌가? 뉴욕 브루클린, 브로드웨이…….
 근데 지금? 꾀병 핑계로 프랑스에 온 지금?
 물론 프랑스까진 괜찮다. 어디까지나 런던의 칙칙한 날씨를 생각해 보면 요양 핑계를 댈 수 있으니까.
 하지만 미국은 좀 아니지. 비행기도 개발 안 된 이 시대에 대서양을 건너는 게 '요양'?
 말이 되는 소리를 해야지.
 "뭐, 미국을 언젠간 갈 수는 있겠지만 지금은 아니죠."
 "흐음, 그러면 어찌할까."
 "모건이 감사 인사하겠다는 건 그냥 말 그대로 감사 인사 아닙니까? 중요한 이야기였다면 직접 오던가, 아니면 따로 누군갈 보내겠죠. 가볍게 생각해도 좋지 않을까요?"

그런 재계의 끝판왕이나 다름없는 사람이 나한테 관심을 가질 일이 대체 뭐가 있다고.

이번 일도 내가 보낸 내용이 도움이 됐다곤 하지만 결국 그 인간이 움직여서 막았다며? 과연 인물은 인물이구나라는 생각이 들었다.

저러니까 위인전이 생기는 거겠지.

그러니, 나는…….

"자, 오늘은 샹젤리제까지 갈까요?"

즐거운 파리 투어의 재개다.

맛난 요리를 먹고, 경치 좋은 곳에서 사진을 찍고, 노트르담 대성당과 파리 만국박람회장을 구경하고, 이번에 만난 인연인 사라 베르나르 씨의 초대로 코메디 프랑세즈에서 연극을 즐기며 루브르 박물관까지 관람했다.

음, 모나리자 실물은 이번이 처음인데 확실히 뭔가가 느껴지는 작품이었다.

생각보다 작아 놀라긴 했지만, 대신 유리 벽 같은 것도 없어서 디테일하게 볼 수도 있어서 좋았지.

그렇게 파리를 떠날 때쯤이 되자, 일 때문에 자리를 비워 울상이었던 매지도 기분이 풀렸는지 웃음을 되찾았고, 몬티와 메리도 만족한 듯 즐거워했다.

음, 역시 날씨가 따뜻하고 좋으니 기분도 좋을 수밖에.

"그러면 한슬, 이제 집으로 가면 되는 거야?"

"음, 잠시만요. 마지막으로 한 명 만나 보고 갈 사람이 있습니다."

"파리에서?"

"아뇨, 돌아가는 길이에요."

파리에서 북쪽으로 130km, 솜강 인근의 소도시 아미앵(Amiens).

솔직히 난 잘 모르는 도시다. 아마 그전까지 들어 본 것보다 소설에서 본 게 더 많을걸? 그래서 노트르담 대성당보다 훨씬 큰 고딕 양식 건축물인 아미앵 대성당이 있다는 것도, 섬유 산업으로 유명했던 것도 잘 몰랐다.

하지만, 이제는 알게 되었지.

왜냐하면.

"처음 뵙겠습니다. 에펠 선생님 소개로 왔습니다."

"어서 오게. 정말 오래 기다렸네…… 한슬로 진."

SF의 아버지.

쥘 베른이 날 꿰뚫어 보는 듯한 푸르고 깊은 눈으로 날 마주 보고 있었다.

쥘 베른

21세기에서 장르문학의 아버지, 개파조사를 물으면, 필연적으로 '어느 장르?'냐는 질문을 받는다.

워낙 장르가 다변화했으니 뭐.

환상 문학이라면 존 로널드 루엘 톨킨.

생존물이라면 대니얼 디포.

크리쳐물이라면 메리 셸리, 그중에서도 흡혈귀라면 셰리든 레 퍼뉴 아니면 브람 스토커.

코즈믹 호러라면 하워드 필립스 러브크래프트.

추리는 좀 갈리긴 하는데, 대강 에드거 앨런 포 아니면 아서 코난 도일로 좁혀진다.

그렇다면, SF.

사이언스 픽션의 아버지는 누구인가?

아마 백이면 백, 쥘 베른이 꼽을 거다.

네? 웰즈요? 아쉽지만 걘 후발주자다. 걔가 장삼봉이라면 쥘 베른은 왕중양이나 달마 조사쯤 되겠지.

그리고 그런 요소들을 모두 배제한다고 쳐도, 개인적으로도 진심으로 쥘 베른을 존경하고 있다.

〈해저 2만리〉나, 〈80일간의 세계 일주〉, 〈15 소년 표류기〉. 거기에 〈지구 속 여행〉이나 〈잃어버린 세계를 찾아서〉까지.

……맨 마지막은 영화로 본 거긴 하다만.

아무튼 내가 직접 보고 파고들었던 수많은 명작. 그것들은 거기서 멈추지 않고 새끼를 치듯 계속해서 수많은 이들에게 깊은 감명을 주고 새로운 것들을 탄생하게 만들었다.

그의 책을 보고 여행을 꿈꾸고 하늘을 날았으며, 바닷속을 누비게 됐으니까.

이러니 웹소설 작가로서도, 서브 컬쳐를 향유해 온 입장에서도 존경하지 않을 수가 없지.

그런데, 그 쥘 베른이.

"정말, 정말 만나고 싶었네."

주름 가득한 푸른 눈으로 날 보고 있다.

와, 어…… 이게 대체 뭐지?

하지만 그런 속마음과는 다르게 입에선 제멋대로 말이 술술 나왔다.

"오히려 제가 영광입니다, 작가님."

물론 내 가슴속 깊이 잠들어 있는 삼강오륜의 나라를 수호하는 유교 드래곤 덕분에 예의는 무척 바르게.

"저도 작가님의 글을 보며 작가의 꿈을 키운 사람이니까요."

"허허, 그런가?"

"예. 그러니 편히 말해 주십시오. 그리고 후학으로서 선배님의 가르침을 경청하겠습니다."

"가르침이라니, 오히려 요즘엔 내가 자네 글을 보고 많이 배우고 있네."

와우, 프랑스인다운 과장된 인사치레라는 걸 알아도 기분이 좋아진다.

마치 유전이 터진 듯, 미친 듯이 아드레날린이 솟아오르는 느낌. 황망하다 못해 멍하게 있는 내게, 쥘 베른은 차분한 눈으로 바라보며 말했다.

"나도 가상 사회를 그리는 〈인도 왕비의 유산(Les Cinq Cents Millions de la Bégum)〉을 쓰긴 했지만, 그때 내가 그린 사회는 그저 흐릿한 망상뿐이었지. 하지만 자네의 요정 숲은 하나하나가 현실성이 없는 '판타지'였지만…… 기이하게도, 충분히 그런 게 있을 법하다는 현실감을 느낄 수 있었네. 마치 어째서 그렇게 발전했는지의 로드맵이 있는 것 같이 말이야! 아마 설정서부터 크게 고민을 했겠지."

"……그야 미래에 실존해 있는 것들이 기반이니까요."

나는 그렇게 말하지 못하고 묵묵히 고개를 끄덕이고 대신 설명했다.

"그저 독자들이 요정들을 살아 있는 친구로 여겼으면 했을 뿐입니다. 그들이 사는 사회가 비현실적이면, 캐릭터들에 대해서도 현실감을 느끼기 어렵지 않을까 해서요."

"그게 중요해."

쥘 베른의 눈이 번뜩였다.

그 푸른 눈에서는, 아무리 늙었어도 변치 않은 상상력을 갖고 있었다.

"〈뱅상 빌르예즈〉를 보면서 느꼈네. 환생? 빙의? 하여튼 그런 특이한 첫 시작을 했음에도 불구하고, 그 뒤의 전개에서는 이상할 정도로 비현실적인 요소를 배제하려 하더군. 왜지?"

"그렇지 않으면, 사람들이 빈센트를 자신과 같은 사람으로 여기지 않을 거라고 생각했으니까요."

"그러면서도 얻을 수 있는 이익은 전부 취하는 승리자를, 짜임새 있게 만든단 말이지…… 생경하면서도 신선한 글이었다네."

그렇게 아이처럼 말하던 노인의 눈빛이 차분히 가라앉았다.

방금까지의 그가 젊음의 열정을 가지고 있었다면, 지금

의 그는 어느새 노인의…… 원로함을 보이고 있었다.
"그래서 요즘도 가끔 생각하고 있지. 과연 내가 그럴 수 있을지 말이야."
그는 크게 한숨을 쉰 뒤 나와 다시 눈을 마주치며 말했다.
"내가 쓴 책이 전부 몇 권인 줄 아는가?"
"쉰 권이 넘어가지 않습니까?"
"전부 봤는가?"
"음, 그건……."
그건 좀 무리긴 하지.
나는 머리를 긁적이며 프랑스어가 모자란다고 변명했다. 이에 쥘 베른은 피식 웃으면서 고개를 저었다.
"그리 말할 필요 없다네, 나도 잘 알고 있어. 내 작품이 밖에서 어떤 평가를 받는지 말이야. '매번 비슷한 인물상만 그리는 자, 신선한 소재를 제외하면 남는 게 없다'."
"으음……."
나는 머리를 긁적였다. 확실히 그런 편이기는 했지.
"하지만 뭐, 어웨이에서 할 수 있는 가벼운 말 아니겠습니까. 어느 쪽이든, 결과적으로 인기를 얻을 수 있으면 상관없는 일이죠."
"그렇게 생각하나?"
"그렇게 생각하지 않는다면, 그건 작품을 좋아해 준 사람들에 대한 실례가 아닐까 싶습니다."

소위 말하는 김치찌갯집 묘사와 같다.

모든 요릿집이 파인 다이닝(Fine Dining)을 내놓을 필요는 없고, 모든 영화인이 블록버스터를 제작할 필요는 없지 않은가. 그럴 수도 없고.

"물론 향상심(向上心)은 중요하다고 생각합니다. 하지만 그건 작가 개개인들이 스스로 노력할 부분이지, 타인들이 왈가왈부할 부분은 아니죠."

"허허, 참으로 위로되는 말이군."

그는 그리 낮게 읊조렸다.

쥘 베른은 잠시 고개를 돌려, 카페 밖의 하늘을 보며 말했다.

"다만 이 나이가 되다 보니…… 확실히 노력하고 싶은 마음이 없진 않아."

"그럼 하면 되지요."

"하하. 말처럼 쉬우면 좋겠네만…… 깊게, 자세하게 인간의 마음을 파고들다 보면…… 그놈이 떠오르네."

그놈? 내가 의아해하자, 쥘 베른은 깊은 한숨을 쉬며 말했다.

"우울하고 염세적인, 내 또 다른 자아."

"……."

"그놈이 내 상념을 자꾸 방해하고 있지. 혹 〈15 소년 표류기〉는 읽어 봤나?"

"당연하죠."

나는 단박에 답했다.

〈15 소년 표류기〉. 정확한 원제는 2년간의 여름 방학(Deux Ans de vacances)인 그 작품은 차후 수많은 작품에 영향을 끼친다.

가깝게는 〈파리 대왕〉에서부터 멀게는 〈디지털 어드벤처〉나 〈기동 전사 간담〉까지.

이것만으로도 이 작품의 영향력을 알 수 있는 대목이었다.

"세계 각국의 소년들이 국적과 문화의 차이를 접어 두고 생존을 위해 협력하여 끝내 생존하는 명작 아닙니까. 저도 무척 좋아합니다."

"그런가? 나도 그때는 좋아했지. 미래에 대한 희망으로 가득했어."

하지만, 요즘은 그렇지 않아. 쥘 베른은 쓴웃음을 지으며 말했다.

"〈카르파티아의 성〉은 읽어 보았나?"

"……예."

1892년 작, 쥘 베른의 말기작이라고 볼 수 있는 작품으로, 그다지 유명하진 않지만, 꽤 재밌다.

소위 '흡혈귀물'의 일종이라고 볼 수 있는 작품. 쥘 베른이 이전에 써 온 것과는 조금 다르게, 등장인물들이 끊임없이 불가사의하고 공포스러운 고난에 빠진다. 쥘 베른의 상상력도 소품에 지나지 않아진다.

"〈15 소년 표류기〉를 쓸 때는 나도 이, '벨 에포크(아름다운 시절)'이 영원불멸로 이어질 거라고 생각했다네. 인류의 문명은 진보했고, 기술이 발전하면 언젠가 인류는 무기를 내려놓고 서로를 향한 사랑과 우정을 노래하는 지상낙원이 이루어질 것이라고 말일세.'

하지만, 하고 세상의 세파에 흔들리고 지친 노인은 하얀 머리를 흔들며 그렇게 말했다.

"지금은…… 그게 가능하다고 생각하지 않아. 크림 전쟁, 7년 전쟁, 보불전쟁…… 그 평화로운 시기에도 전쟁은 있었지. 소년들은 결코 협력하지 않아. 구조될 때까지 서로 생존? 서로 잡아먹지나 않으면 다행이겠군."

과연, 그런 생각을 하신 건가?

나는 입을 다물었다.

쥘 베른의 말처럼, 실제로 그런 식으로 쓰인 소설을 알기 때문이다.

〈파리 대왕〉.

20세기 중반, 세계 2차대전 이후. 세상에 대한 환멸과 현대문명에 대한 회의로 점철되어, 결국 아이들이 야만으로 돌아간다는 소설.

"그래서 〈카르파디아의 성〉을 쓰신 거군요."

"공포스러웠네. 어쩌면 과학조차 우리를 배신할지도 모른다는 생각이 들어서."

그래서 자네를 만나고 싶었네. 쥘 베른은 그렇게 말했다.

"정확하게 말하면, 〈블루어 드 르브(던브링어)〉의 저자를."

〈카르파디아의 성〉을, 그리고 〈파리 대왕〉의 미래를 예측한 노인은, 내게 그리 물었다.

"자네는 그 작품을 쓰며 어떤 생각을 했는가? 이 평화가 이어질 거라고 믿는가? 자네가 쓴 그 주인공, 에드몽처럼 다른 국적의 히어로들과 함께 힘을 합쳐 그 어떤 어두운 밤, 그 어떤 괴물들이라도 쓰러트릴 수 있으리라고 생각하는가?"

나는 묵묵하게 쥘 베른을 보았다.

쥘 베른이 미래에서 받는 평가는 '선구자'다. 그가 떠올린 수많은 과학 기술은 미래에서 현실화된다.

잠수함, 달로 가는 로켓, 인공위성, 그 외 기타 등등.

하지만 지식의 저주라고 하던가? 그의 깊은 상상력을 가졌던 이었기에, 되려 더 깊은 심연까지를 보게 된 것이다.

장막을 들추고 미래를 보았다면…… 당연히, 염세적이고 어두워지는 것도 어쩔 순 없다.

요컨대, 지친 것이다.

그저 낙관적으로 문명의 진보를 기대하기만 하기엔…… 인류는 삽질은 아직도 너무 장대하고, 이기적이고, 불쾌하니까.

그렇다면 나는 어떻게 답을 해야 하는가.

잠시 고민을 끝낸 나는, 천천히 그에게 말했다.

"네."

'그렇다'고.

"저는 인류의 기술이, 인류의 협력이 끝내 인류를 구원하리라 생각합니다."

"어째서 그리 생각하는가? 전쟁이 끊이지 않는 이 세상에서 어떻게?"

"전쟁이 야만적이고, 시대착오적이고, 굉장히 멍청한 짓이라는 점에 대해서는 동의합니다."

이곳에 오기 전에도 그런 게 많았다. 세상은 결코 평화롭지 않았고, 전쟁 역시 끊이지 않았다.

하지만, 하지만 말이다.

"세상이 진보만 하면 좋겠죠. 하지만 세상이 2보 앞으로 나가면, 그다음엔 1보를 뒤로 물러나기도 하고 그러더군요."

"그렇겠지."

"하지만 결과적으로, 1보 정도는 앞으로 나간 것 아니겠습니까."

설사 늦더라도, 결국 1보를 앞에 나간 것은 변하지 않는다.

그렇게 1보씩, 정반합을 거치면서 1보씩 걷다 보면…… 언젠가 닿을 수 있지 않을까.

"저는 인류가 달에 닿을 거라고 생각합니다. 저 우주에

인류 문명을 담은 투사체를 쏘아 보낼 것이고, 지구가 너무 멀어 '창백한 푸른 점(Pale Blue Dot)'으로 보일 뿐인 사진을 찍어 올 수 있을 거라고 생각합니다."

화성에 발을 닿을 것이고, 태양계 건너를 훔쳐볼 수 있을 것이다. 그리고 탐사선은 전파조차 닿지 않을 그곳을 향해, 끝없이 나아갈 것이다.

"제가 온 곳에서 어떤 소설가가 그런 표현을 썼습니다. '사람들이 장차 서로를 가장 가치 있는 사냥감으로 여기지 않는 자각을 할 때까지 걸리는 시간이 29만 년에서 33만 년.' 그리고 그 긴 시간 동안 사람들은 서로를 최소 수백억, 최대 수백조의 인간을 죽일 것이라고요."

"구체적이면서…… 모호하군."

굉장히 절망적이고.

쥘 베른은 그렇게 말했다.

그렇죠? 나도 그렇게 생각했어요. 하지만 나는 싱긋 웃으면서 고개를 젓고 말했다.

"하지만 동시에, 이런 표현도 썼지요. '사람들은 몇백조의 개체가 죽을 때까지도 존재할 수 있다'고요."

"……."

쥘 베른이 입을 달싹였다. 창백한 푸른 점 같은 눈이 파르르 흔들렸다. 나는 그런 그를 보며, 천천히 말했다.

"저는 이 말이, 작가님의 휴식을 끝내기에 충분하리라 생각합니다."

"휴식이라."

"앞으로 걸어가는 데 지쳐서, 또는 악몽에 짓눌려서 쉬어 갈 때도 있지 않겠습니까."

나도 그럴 때 많았다.

하지만.

"그래도 좋은 글을 보고, 맛난 거 먹고, 잠 좀 푹 자고 나면…… 어느 정도는 기분이 풀리더군요."

"원초적이군."

"사람이니까요."

"하하하하!!"

쥘 베른은 껄껄 웃음을 터트렸다.

구름 같은 새하얀 수염이 보기 좋게 넘실대었다. 나는 그런 그를 보며 빙긋 미소를 지었다.

"고맙네."

"제게 바라시던 바를 이뤄드렸는지요?"

"글쎄. 하지만 덕분에…… 장막을 들추는 게 조금은 덜 무서워졌어."

그것참 다행이다. 그렇게 생각하던 그때, 쥘 베른은 내게 뭉툭한 원고 뭉치를 내밀었다.

"혹시 좀 봐주겠나?"

"이게 뭡니까?"

"내가 30년 전에 쓴 소설일세. 그런데 너무 비현실적이고 어둡단 이유로 퇴짜맞았었지. 만약 내가 자네 말에 만족하지 못했다면…… 그대로 계속 묻어 버릴 생각이었네."
〈20세기 파리〉, 라.
 나는 그 원고를 넘기려 했다. 하지만 쥘 베른이 주름투성이 손으로 원고를 탁, 하고 덮었다.
 "어허. 어디서 감히 저자 앞에서 날것을 그대로 읽으려 드나."
 "어, 그럼요?"
 "영국으로 가져가 주게. 그리고 괜찮다면 대신 발표 좀 해 주게."
 "……괜찮겠습니까?"
 "어차피 자네가 발표하지 않으면 영원히 묻힐 책이야."
 쥘 베른은 씁쓸히 웃으면서 그렇게 말했다. 나는 묵묵히 고개를 끄덕이며 내 옆자리로 놓았다.
 "좋아, 이제야 앓던 이가 빠진 듯하군."
 "그러면 작가님, 이제 다시 글을 계속 쓰실 겁니까?"
 "그래야지. 그전까진 예전에 써둔 걸 재탕할 뿐이었지만…… 자네 덕에 조금은 좀 더, 예전보다 더 좋은 걸 쓸 수 있을 것 같네."
 "그렇다면."
 나는 씨익 웃으면서 그에게 말했다.
 "한 가지, 보답이라고 생각하시고…… 부탁드릴 게 있습니다만."

* * *

―과거에는 '부부'가 친밀하게 생활을 공유했어.
(중략)
 하지만 이제 얼마나 달라졌는지 봐. 오늘날에는 남편이 떨어져 살아. 아내는 아내 나름대로 일을 하고. 두 사람이 길에서 부딪치면 마치 남인 것처럼 인사를 나눈다고. 남편은 이따금 아내를 방문해. 아내는 때때로 저녁 식사에 남편을 초대하고, 드물게는 저녁을 함께 보내. 요컨대 오늘날 부부들은 거의 만나지도, 보지도, 대화하지도 마음을 터놓지도 않아. 그저 자식을 낳아야 하기 때문에 서로를 필요로 하는 것뿐이지!

"허, 참."
 나는 감탄하며 책, 〈20세기 파리〉의 원고를 내려놓았다.
 쥘 베른이 1863년에 썼다는 이 책은, 대학에서 고전 문학을 전공한 청년이 주인공이었다.
 대충 문과생이라는 소리다.
 그리고 작중의 20세기 파리는 지나치게 기술적으로 발전한 도시.
 비즈니스와 엔지니어링으로 가득 찬 세계다 보니, 문과로서의 전공을 살릴 곳은 없고, 취직한 기업에서는 실직

당하며 군대에는 드론뿐이라 입대도 거절당한다.

사랑하던 사람은 있었지만, 결혼이란 제도마저 형해화되어 의미를 찾지 못해 고백은 하지 못한다.

결국 그녀마저 수사학 교수 아버지의 죽음으로 사라지자, 주인공은 결국 빈곤 속에 죽어 간다는…….

급진적이고 암울하기 짝이 없는 디스토피아의 이야기.

과연, 어째서 사람들이 그를 '허황한 이야기나 하는 사람'이라 불렀는지 알만한 내용이었다.

"정말 인물은 인물이구나……."

하지만 나까지 그럴 수는 없었다.

그도 그렇잖아?

이거…… 디테일함은 좀 다를지 몰라도 미래에 그대로 실현되는 내용들이니까.

취업난. 삭막해진 사회. 성 갈등 문제. 50년 뒤면 인구의 절반이 준다는 미래상까지.

드론 때문에 군인을 안 뽑는다는 것은 좀 과하긴 했다. 왜냐하면 21세기에도 인건비가 하드웨어보다 훨씬 싸다 보니 그냥 생채 기계를 징병해다 굴리니까.

실제로 그 가격을 해결 가능한 천조국은 드론 및 가제트들을 통해서 많은 작전을 진행했고 말이다.

만약 거기까지 완벽하게 맞췄다면 나는 쥘 베른이라는 사람을 '세기의 천재'가 아니라 나와 같은 시간 표류자로 생각했을 거 같다. 빙의자라든지.

애플 사이 콩그르.

"아무튼, 확실히 편집자에게 퇴짜를 먹을 수밖에 없었겠네."

현재는 그야말로 '겉으로는' 세상에서 제일 평화로운 시기니까.

본디 글로써 보이려면, 제아무리 미래에 대한 확신이 있다고 해도 대중과 공감할 수 있어야 한다.

벨 에포크는 뭐랄까…… 좋게 말하면 낙관주의, 나쁘게 말하면 대가리에 꽃 단 시대.

이건 정말, 정말로 너무 앞서 나갔다는 거다. 그런 시대에 이런 찬물을 끼얹는 것 같은 글은 출판사 입장에선 영 팔릴 각이 안 보였겠지.

게다가 쥘 베른은 그 이름값이 상당한 작가. '이미지' 관리를 해야 하니 폭망할 게 뻔한 작품을 억지로라도 낼 순 없었을 거다.

요컨대 위대하신 작가님께서도 슬럼프였다는 거지. 그리고 송구하게도 나와의 대화로 그 무언가가 깨진 모양이다.

하긴, 애초부터 걱정은 없었다.

어차피 그는 죽기 직전까지 펜을 놓지 않았다는 것으로 유명한 작가. 그게 무엇이 되었든 분명 새로운 무언가를 내주리라 믿고 있었으니까.

그리고 겸사겸사.

"후후, 제아무리 술자리의 약속이라 해도 사인이 오간 이상 게임 오버지."

정말, 이번 프랑스 여행에 있어 제일가는 소득이 아니었을까?

난 칙칙한 영국 하늘을 바라보면서도 마치 날아갈 것 같은 기분이었다.

―아이들의 교육을 위한 소설이라고?

―네, 작가님의 상상력은 그것만으로도 보배입니다. 작가님께서 그리신 이야기를 보며 많은 이들이 꿈을 가졌으며, 앞으로도 더욱 많은 이들이 그럴 거예요. '80일간의 세계 일주'를 보면서 사람들은 모험에 사무치며 탐험을 떠날 것이며, '기구를 타고 5주간'을 보며 받은 영감으로 인류를 하늘을 꿈꿀 겁니다. '지구에서 달까지'를 본 아이들은 연구하여 달까지 가기 위한 장치를 만들겠지요.

―크흠, 이거 너무 내 얼굴에 금칠을 해 주는 군…….

―아니요, 최소 100년 이내에 할 수 있을 겁니다. 제 모든 것을 걸어도 좋습니다!

……술이 들어가서 조금 오버했던 것 같기도 하다.

하지만 다행히도 그는 긍정적인 반응을 보여 줬다.

―좋네, 안 그래도 너무 먼 미래에 대해 걱정만 하며 손이 안 가던 와중이었지. 그런데 오히려 미래를 위해 긍정적인 역할을 할 수 있다니…… 내 더할 나위가 없군.

그렇게 의욕적인 모습을 보이며, 그는 마치 20대와 같은 얼굴로 돌아갔다. 지루한 시의원 생활에 새로운 즐거움을 찾았다면서 말이다.

"좋아, 나도 뒤처질 수는 없지."

결코 적지 않은 나이임에도 정렬적으로 창작욕을 불태우는 대선배의 모습에 나 역시도 의욕이 불타오른다.

마침 프랑스에서 푹 쉬었고, 런던의 '피터 페리 완결 반대' 여론도 잠잠해졌을 터.

런던에 돌아가면, 슬슬 계획했던 신작을 런칭해야지. 그러면 1895년을 기분 좋게 보낼 수 있을 것이다.

……그렇게 생각하던 때가 나에게도 있었다.

"이제야 돌아오셨군요, 작가니이이이이임!"

"베, 벤틀리 씨?"

오랜만에 들린 출판사의 입구에서, 마치 수년간 집을 비웠다 돌아온 주인을 향해 달려드는 리트리버의 환영이 보였다.

말 그대로 머리카락 빠질 듯이 달려오던 그는 헉헉 대면서 내 어깨를 꾸욱 쥐었다.

"대체 왜 그러세요?"

"왜! 그러세요! 가! 아닙니다!"

평소보다 지나칠 정도로 흥분해 있는 그 모습이 뭔가 이상해 보인다.

뭐지? 내가 없는 사이 뭔가 문제가 터질 만한 게 없을 텐데…… 설마 내 생각보다 독자들의 반응이 덜 죽은 건가?

아니, 그건 아닐 테다. 오는 길에 보였던 모습은 평온 그 자체였으니까.

음…… 설마?

"아, 설마 〈빈센트 빌리어스〉와 관련되어서 전에 미국에서 왔던 내용 때문인가요?"

"아니, 아니요! 그건 오히려 잘 처리되었습니다. 큰 문제도 없었고요."

어라? 이게 아니야? 그렇다면 뭐지?

벤틀리 씨는 그 순간까지도 흥분을 가라앉히지 못하고 있었다.

"비상! 초비상이란 말입니다!!"

아니, 그리 말해도 전 잘 모른다니까요…….

그렇게 상황을 이해하지 못한 채 혼란스러워하고 있자, 내 어깨를 두드리며 누군가가 모습을 드러냈다.

"여, 이제 오나?"

"어라, 선생님?"

낯익은 사람이 낯익은 자리에 있는 낯선 장면을 보았다.

아서 코난 도일이 벤틀리 출판사에 있다니, 이게 무슨 일이래? 내가 고개를 갸웃거리고 있자, 코난 도일은 어깨를 으쓱이며 말했다.

"정말 많은 일이 있었다네. 그나마 자네가 돌아와서 다행이군."

"아니, 그래서 선생님은 왜 이곳에 계시는 건가요?"

"이번에 생긴 일 때문에, 여기 벤틀리 씨가 〈위클리 템플〉에 내 작품을 연재해 달라는 요청을 해서 말일세."

"네!? 작가님의 작품을 〈위클리 템플〉예요?"

이건 또 상상도 못 한 이야기인데. 난 그렇게 놀란 눈으로 양쪽을 돌아가며 바라보았다.

물론 나도 그 아서 코난 도일의 주간 연재 소설이라면 더할 나위 없긴 하지만.

"그 얘기는 나중에 하기로 하고…… 일단, 이거부터 받게."

"예?"

나는 어리둥절하면서 아서 코난 도일이 내미는 명함을 받아 들었다. 이게 뭐지?

작가…… 연맹?

"별건 아닐세. 작가들끼리 무언가 개인으로선 해결하기 힘든 도움이 필요하거나, 혼자 티 타임 즐기기엔 옆구리가 허전할 때 적당히 들어와 앉을 만한 살롱 같은 걸 만들어 보자는 얘기가 있어서 말일세."

"아하."

요컨대, 좀 더 사교적인 기능이 추가된 작가 노조 같은 건가?

하긴 내가 오기 전에도 영미권에서 작가 노조가 AI 문제 때문에 크게 파업한 적이 있었지. 확실히 그런 게 부럽긴 했다.

"당연하죠. 당연히 가입하겠습니다."

아, 혹시. 그러면 그 〈위클리 템플〉에서의 연재도?

생각난 김에 그렇게 묻자, 아서 코난 도일은 고개를 끄덕이며 말했다.

"벤틀리 씨가 나한테 도움을 요청해서 말일세. 자네의 친구인 나로서든, 작가 연맹의 회원인 나로서도 무시할 수 없는 일인데다—."

그런데 이런 상황이라니. 아서 코난 도일은 쓴웃음을 지으며 발광 중인 벤틀리를 보았다.

보아하니, 아서 코난 도일 선생님도 아무래도 무슨 일인지 아시는 모양인 것 같은데, 흠.

"일단 벤틀리 씨에게 듣는 쪽이 빠를 걸세. 사실 나도 정확하겐 잘 몰라. 그런데 저 이가 저 상황이라니, 참."

"그러면 제 프랑스 갔다 온 기념 선물이라도 읽고 계시죠."

"응? 이게 뭔가?"

"쥘 베른 작가님의 미공개 단편이요."

"뭣이!"

아서 코난 도일이 탄성을 지르며 내가 건네는 〈20세기 파리〉를 낚아챘다. 그리고 보니 이 양반도 엄청난 애독가에 다독가였지.

이 시대에 나온 웬만한 소설들은 전부 한 번씩 읽어 본 게 아닌가 싶은 사람이 바로 아서 코난 도일이니 말이다.

그런 사람이니, 쥘 베른의 미공개 단편이란 말에 눈에 불을 켜는 건 어쩔 수 없을 것이다.

실제로 아서 코난 도일은 독수리가 양을 낚아채듯 내 손에서 원고를 낚아챘다.

그러면 그사이, 나는 벤틀리 씨에게 차분하게 말했다.

"벤틀리 씨, 일단 진정하시고, 확실하게 말해 주세요. 대체 제가 없는 사이에 무슨 일이 있던 겁니까?"

"으어어어…… 알겠습니다. 휴우우우…… 그러면 마리아, 그것들 좀 가져오겠나?"

"예, 사장님."

결국 움직임을 멈춘 그는 직원을 불렀다.

그러자 밖에서 상황을 보고 있던 편집자 하나가 양손 가득, 처음 보는 잡지 여럿을 들고 왔다.

〈펀치(Punch)〉, 〈더 타이틀러(The Tatler)〉, 〈블랙 타이푼(Black Typhoon)〉…… 진짜 중구난방이네.

그나저나.

"이게 다 뭡니까?"

이게 지금 나하고 무슨 관계가 있다는 거지?

난 그런 순수한 의문을 담아 벤틀리 씨에게 물어보았다. 그러자 그는 믿을 수 없다는 듯, 한숨을 깊게 쉬고는 쥐어짜 내듯 답했다.

"작가님의 표절작들이 실리고 있는…… 주간잡지들입니다."

"……예?"

"정확히 말하면 표절은 아닙니다만……! 끙, 표절이 아니라고 단언하기도 이게……!"
 뭔 소리야, 이건 또?
 나는 어리둥절해서 잡지들 몇 개를 펼쳤다.
 그러자 거기에 들어가 있는 내용들은 대충…….

―소녀 샐리는 마녀들이 사는 숲으로 들어갔다. 숲에서는 마녀들에게서 도망친 패밀리어(사역마)들이 살고 있었다. 패밀리어들은 샐리를 새로운 마녀로 추대하여 구 마녀들에게 반역을…….
―이탈리아 상인 로베르토는 지중해를 중심으로 교역하던 상인이었으나, 간악한 오스만의 왕자에게 뇌물을 바치지 않았다는 이유로 목이 잘린다. 오스만에게 복수를 맹세한 그는 죽은 뒤, 천사의 도움을 받아 막내 왕자에게 빙의하는데…….
―태풍이 한차례 미국의 플로리다를 덮친 뒤, 태풍의 힘을 훔친 중국인 주술사 '핑 팸 퐁'이 선량하고 정의로운 선원 닐스의 몸에 그 힘을 부여한다. 하지만 닐스는 오히려 그 힘으로 간악한 중국인 주술사 집단을 쳐부수기 위해, 힘을 사용한다……!

 세상에.
 도대체 뭐야, 이 끔찍한 혼종들은.

낭만의 시대

 한슬로 진이 병가를 선언하고, 프랑스로 떠났다는 것이 알려진 뒤.
 런던의 시민들이 보인 반응은 그야말로 벌집을 쑤신 듯했다.
 "한슬로 진이 파리?! 파아아아리?!"
 "웃기지 마!! 어째서 우리 대영 제국이 사랑하는 인기 작가를 개구리 놈들에게 뺏겨야 하는 거냐!!"
 "출판사는 당장 해명하라!!"
 영국에게 있어 프랑스는 백년전쟁 이래 줄곧 앙숙과도 같은 관계.
 특히 나폴레옹이 유럽을 일통하여 천명을 받든 제2의 로마가 될 뻔한 것을, 영국이 필사적으로 막은 데 성공한 이후 더더욱 그러했다.

 단순히 1위와 2위의 갈등이라든지, 혹은 이웃 나라끼리의 갈등이라 정의하기엔 매우 멜랑꼴리하고도 복잡미묘한 관계가 바로 프랑스와 영국의 전통적 앙숙 관계다.

 심지어 국력은 영국이, 문화력은 프랑스의 승리였으니 서로의 우위가 명확히 드러나지 않다는 점이 이런 앙숙 관계를 더욱 부채질했다.

 차라리 국가별 GDP나 GNP를 매년 발표해 순위를 매겨 주기라도 하면 어느 한쪽이 승리자로서의 아량이라도 품겠지만…… 지금은 그런 것도 없는 시대.

 두 나라의 레퍼토리는 자연스럽게 하나로 수렴할 수밖에 없었다.

 "나폴레옹 전쟁도 지고 보불전쟁도 진 패배자 개구리들!"
 "응~ 뭐라고? 장어 젤리나 먹는 삼류 문화국 애들 말이라 안 들려 에베벱!"

 그리고 본래 사람은 나약한 놈, 이란 욕보다 무식한 놈, 이란 욕에 더욱 화를 내는 생물.

 자연스럽게 영국인들 역시 그들의 여왕만큼이나 '문화'의 힘을 강구했고, 그 대답 중 하나로 튀어나온 '문학'이라는 백마 탄 초인에게 열광했다.

 그런데.

 그 문학의 선두 주자 중 하나인, 한슬로 진이 프랑스로 갔다?

그것도 〈피터 페리〉를 완결 내놓은 상황에서?

"크흐흑, 어째서!!"

"한슬로 진이 없는 것도 슬프지만, 〈피터 페리〉가 없다는 건 더 서러워!!"

"아니, 〈빈센트 빌리어스〉랑 〈던브링어〉는 있잖……."

"월간이잖아!! 지금 누구 놀리냐?!"

작가들과 별개로, 이미 독자들은 〈피터 페리〉에 의해 주간 연재 소설에 길들여진 상태.

월간으로 감질나게 나오는 것에 질려 버릴 수밖에 없는 만큼, 독자들은 더더욱 휴가 간 한슬로 진을 원망했다.

그리고 그 이상으로 그의 글을 열망했다.

이렇게 모든 조건이 모였다.

바로 이런 욕망, 즉, 수요를 그냥 내버려 둔다면…… 돈을 벌기 위해 아편도 팔아치우는 영국 상인들이라고 할 수 없을 터.

"그래, 한슬로 진이 없다 이거지?"

"만약, 그가 없어져서 생긴 이 거대한 수요의 틈을 메울 수만 있다면……!"

"뭐 해?! 가서 인기 떨어진 작가들, 야설 쓰던 고학생들을 전부 모아! 이젠 우리도 잡지사다!!"

본래 19세기, 인터넷이 없는 시대라고 해서 야설이 흥하지 않은 적은 없다.

프랑스 혁명에도, 나폴레옹 전쟁에도 일조했던 것이

야설 아닌가.

일설에는 동양에서 흘러들어온 전설적인 동성애물에 대한 전설들이 귀부인들 사이에 돈 적이 있다고 하지만, 그건 실체가 확인된 적이 없는 내용이고…….

아무튼 이런 식의 값싸고 원가 절감도 쉬운 '펄프'지(紙)에 찍어 넣을 싸구려 글을 양산할 작가(지망생)는 얼마든지 있었다는 것이다.

그리하여 런던에는 때아닌 인쇄소, 작업실, 그리고 주간잡지사가 급작스럽게 늘어나게 되었다.

……물론, 이에 뛰어든 자들은 대개 등급으로 치면 2~3등급 권의 차상위(次上位) 권의 자본가들.

암암리에 진짜배기 Top Secret이 오가는 최상위권의 계층에게 그들의 행보는 불에 뛰어드는 불나방과도 비슷했다.

"로스차일드가 뒷배라면서?"

"버킹엄 궁전에서도 예의주시하고 있다는 소문이 있소."

"그게 아니더라도 출판업계는 조지 눈스가 꽉 잡고 안 놔주는 동네 아닙니까. 그런 덴 들어가는 게 아니죠."

"허허, 그런 사람들에게 시비를 걸겠다라……."

차라리 죽는 게 낫지.

그들은 동시에 그렇게 생각했다.

본래 크게 될 상인은 누울 자리를 알고 다리를 뻗어야

오래 사는 법이다.

조지 뉴스만 해도 그들과 비견되는 대부호인데, 로스차일드와 왕가까지 침을 발라냈다? 아, 그럼 그건 그냥 못 먹는 신 포도라고 치고 물러나야 정상이다.

아편전쟁 당시 먼저 이니시에이팅을 걸었던 건 뭐냐고? 그건 누울 자리가 아니라 뜯어먹을 자리지 않은가, 그런 야만인들의 미-개한 추장보단 네이션 메이어 로스차일드가 훨씬 무섭기 마련이지.

"조만간 경매에 값싼 매물들이 쏟아져 나오겠군."
"하하하. 우리는 그저 결혼식 보고 케이크나 듭시다."
"오, 그거 〈빈센트 빌리어스〉에서 나온 말 아니오?"
"아시는군요. 안 그래도 요즘 제과업체에 흰색 5층짜리 웨딩 케이크 형식이 정형화되고 있다더군요."
"하하, 파티쉐들이 고생 많이 하겠소."
"자, 그건 그렇고 다음 이야기요. 요즘 남아프리카에서─."

아무튼. 그렇게 해적물이 넘쳐 나는 대해적 시대는 시작되었다.

혹자가 이르기를, 낭만의 시대였다.

* * *

"그래서."
벤틀리 씨에게 설명을 다 들은 나는 고개를 끄덕이며

말했다.

"제 문체를 흉내 낸, 이런 물건들이 넘쳐 나고 있는 거군요."

"그렇습니다, 작가님! 아이고, 억울해서 어찌합니까!!"

으음. 그 정도인가?

나는 떨떠름하게 벤틀리 씨를 보았다. 그게 이렇게까지 발광할 일인가, 싶긴 한데.

그런 내 기색을 읽은 건지, 옆에서 잡지들을 가져온 마리아 편집자가 차분하게 설명해 주었다.

"실은 작가님, 이런 표절잡지가 늘어난 뒤로 저희 〈위클리 템플〉의 매출이 상당히 감소했습니다."

"흐음, 얼마나요?"

"최소한 20% 이상은 빠졌다고 보셔도 좋습니다."

"흐으음."

그 정도라면 확실히 우려할 만한 일이다.

웹소설 연재할 때도 24시간 내 n천 명 선이 무너지면 수익 최소 선이 감소한 걸로 보곤 했으니까.

참고로 제일 심각한 게 1천 명 선이다. 그 밑은 최저임금도 안 나온다는 소리거든.

그런 와중에 20%. 다섯 중 하나가 빠졌다라······.

"〈피터 페리〉의 완결 문제는 아니고요?"

"그걸 감안해도 너무 많습니다."

하긴, 지금 〈위클리 템플〉에서 연재 중인 다른 작가들도 나름 네임드니까.

즉, 다른 말로 하자면 그 나름 네임드 작가라는 사람들이…… 독자들이 주간 연재에 바라는 점을 제대로 캐치하지 못하고 있다는 뜻이기도 하다.

"벤틀리 씨, 혹시 다른 작가님들한테 제 형식을 따라해 보라고 제안해 보진 않았습니까? 그러니까, 좀 더 짧은 문장이라던가 1화 완결 형식이라던가요."

"저라고 맞불 작전을 생각해 보지 못했겠습니까. 하지만…… 이름있는 작가님들이 얼마나 자부심이 강한지는 작가님도 잘 아시잖습니까."

그건 그렇지.

나는 그 말에 고개를 끄덕일 수밖에 없었다.

굳이 오스카 와일드의 예를 들 것도 없이, 작가란 예술가의 부분집합이고, 예술가는 대부분…… 개성이 강하다.

스스로의 내면에 파고들어 자신의 개성을 최대한 발휘하고, 창작을 하는 사람들이 개성이 약할 리가 있나.

그런데 다른 사람의 개성을 따라 해라? 그건 예술가에게 '차라리 죽여!'란 말이 튀어나오게 만드는 말이다.

장르문학이라고 크게 다르지 않다.

뭐, 순문 쪽이나 안 보는 사람들은 전부 '개성이 지워진 양산형'이라고 폄하하지만, 이쪽은 오히려 그 좁은 트렌드 소재 내에서 지닌 개성을 최대한 발휘하여 자기만의

색을 만들지 않으면 되레 자리 잡기 어려운 장르다.

괜히 그쪽 양반들이 이쪽을 쉽게 보고 왔다가, 고배를 마시고 독자 탓을 하면서 돌아가는 게 아니다. 독자들도 바보가 아닌데 말이지.

"그리고 작가님, 그런 건 결국…… 표절이 아닙니까? 그렇다 보니 아무래도……."

"표절은 아니죠."

"그건 아니오."

나와 아서 코난 도일이 동시에 말했다.

하지만 어쩔 수 없는걸.

진짜로 이 잡지들 중에, 표절이라고 할 만한 글은 얼마 안 된다.

잘해 봐야 두셋 정도?

근본적으로 표절과 양산형, 아니 여기에 추가로 오마주의 차이는 무엇인가.

흔히들 하는 오해와 달리, 표현물이 아닌 발상, 아이디어, 형식, 장르는 표절의 대상이 아니다.

그걸 해석하고 풀어 나가는 방식이 표절로 거론되는 거지.

쉽게 예를 들어 보자.

무협은 근본적으로 동양의 톨킨 김용이 창조한, '무인의 협행'이라는 이데아를 미메시스(mimesis, 재현)하는 장르다.

그렇다면, 김용 외의 무협은 전부 표절인가?

아니다.

'무인(武人)', 그리고 '협행(俠行)'이라는 소재를 어떻게 해석하고 풀어 나가느냐에 따라 작가의 개성이 천차만별로 갈라진다.

무인이라고 해도 단순히 무술(武術)만 사용하면 무인인가, 아니면 검기를 뿜어내야 무인인가.

협행이라면 대가 없이 대의를 따르는 것이 협행인가, 아니면 대의를 무시해서라도 은원을 갚아야 하는 것이 협행인가.

이런 식의 해석이 작가의 수만큼 있고, 각자가 어떻게 이데아를 해석했느냐, 그걸 어떻게 미메시스하는 가에 따라 다른 것이다.

뭐, 화산파나 소림사 같은 설정을 그대로 갖다 쓰는 건 문제가 있긴 한데, 그쪽은 엄밀히 말하면 가상역사 시절의 흔적기관 같은 거라…….

그래서 문장, 혹은 등장인물을 그대로 갖다 쓰는 것에서 표절을 구분하는 것이고.

그러니 보통 클리셰라는 것이 크게 작용하는 것이 이 시장이기도 하다.

왜, 그런 말이 있지 않은가?

원본을 알고 보면 재미있는 것이 패러디, 원본을 알아봤으면 하는 것이 오마주, 원본이 그것임을 몰랐으면 하는 것이 표절이라고.

대사로 보면 더 간단하다.

─아, 이거! 푸하핫!
─오……! 이거?!
─……어? 이거?

그리고 이런 점은 어떻게 보면 탐정물이 더 심하다.

결과적으로 어쨌든 사람이 짜낼 수 있는 범죄에는 한계가 있으니까 말이다.

"내 〈셜록 홈스〉도 결국 애드거 앨런 포나 에밀 가보리오의 영향을 짙게 받았지. 그러면, 〈셜록 홈스〉도 표절인가?"

"아, 아뇨! 그렇지 않습니다."

"아무튼, 그건 나중에 말하기로 하고요. 일단 확실히 그런 기준으로 보자면 표절이라고 할 만한 작품이 없는 건 아닙니다."

예를 들면 이거, 라면서 벤틀리 씨는 잡지 하나를 보여주었다.

〈브라우니 베빈〉이라는, 〈피터 페리〉를 따라 한 듯한 작품이었다.

특히 이 부분이 말이지.

─둔하네! 정말 둔해!! 즐거웠어! 너와의 우정 놀이!

―베빈!!
―그런 이름은 인제 그만 잊어 줬으면 좋겠는데.
―베빈이 손짓했다.
 그 손짓을 따라, 곳곳에서 솟아난 검은 나방들이 파닥 파닥 날개를 퍼덕인다.
 그리고 그때마다 잿빛 가루를 휘날리며 베빈의 몸을 감쌌다.

 말 그대로 내 작품 속에서 리스가 오베론임을 밝히는 그 부분이 그대로 붙어 있었다.
 이건…… 뭐 앞뒤 지문까지 문장을 토씨 하나 안 바꾸고 붙여넣었으니 이럼 빼박이지.
 "어찌 보면 제가 화를 냈던 이유도 이것 때문입니다! 작가님께서 이 장면을 쓰기 위해서! 이곳에서! 숙식하면서 정말 며칠을 꼬박 밤새워서 만드셨는데……! 제 속이 다 상합니다!"
 "흐음, 확실히 이건……."
 좋아, 그러면 이건 로스차일드로 보내자.
 변호사들이 알아서 씹고 뜯고 맛봐 줄 것이다.
 "그래서 그 대응으로 한 것이. 바로……."
 "그래, 내가 이곳에서 신작을 쓰는 것이었다네."
 물론 스트랜드 매거진에선 이미 〈공포의 계곡〉이 연재되고 있었으니, 〈셜록 홈스〉는 아닌 다른 작품으로.

그 말에 나 역시도 흥미가 돋았다.

"혹시 볼 수 있나요?"

"음, 하지만 아직 회의를 거치고 있어. 아무래도 내 작풍과 맞추는 게 어렵다 보니 말일세."

"그래도 대략 잡힌 것은 있으실 거잖아요. 러프한 시놉이라든지."

"흠, 뭐 별것도 아니니 말해 주겠네. 〈제라르 장군(General Gerard) 이야기〉라고 하네."

아직 가제지만 말이야.

라고 그는 뒷말을 조심스럽게 덧붙였다.

"허어."

제라르 장군 이야기라. 나는 새삼 내가 역사를 바꾸고 있긴 있구나란 실감이 들었다.

왜냐면 이거, 원 역사에서는 아마 〈제라드 준장(Brigadier Gerard) 이야기〉이었던 거 같거든. 제라르 '장군'이 아니라.

뭔가 여러 가지 많은 변화가 있을 거 같다는 생각이 들었다.

"혹시, 그거 노기사 이야기인가요? 〈돈키호테〉 같은?"

"일단 그렇다네. 마침 자네의 이야기를 들어 보고는 나도 시험 삼아 이것저것 시도해 보고 있지만, 쉽진 않더군."

그러더니 그는 어깨를 으쓱이며 고개를 저었다.

"자네는 쉽게 말하긴 하다만…… 그 문장을 줄이는 것

부터가 어려운 일이야. 어떤 부분을 줄이고, 어떤 부분을 강조할지, 그것부터 고민이 많지."

하긴, 지금은 만연체가 유행하는 시대. 평생을 그렇게 써 왔는데 그걸 하루아침에 바꾸는 것이 쉬울 리가 없었다.

쓰는 사람은 그 문장 하나하나, 디테일한 표현 하나하나에 다 의미를 부여하는데 그걸 잘라 내야 한다니…… 쉬울 리가 없지.

"아, 아무튼 작가님. 손만 빨고 있을 수는 없습니다. 소송을 하든 어떻게든 대응해야 하지 않겠습니까?"

내 옆에서 조심스레 이야기하는 벤틀리 씨. 그의 말은 타당했다. 그리고 투박하긴 했지만, 대응책 역시도 정확했다.

하지만.

"아뇨, 저희는 별로 할 일이 없을 거 같네요."

"네!? 어, 어째서요?"

"그야……."

이미 코난 도일 선생님께서 답을 알려 주시지 않았습니까.

난 싱긋 웃으며 그에게 답해 주었다.

"이 시장에 있어서 답은 언제나 하나니까요."

오직 재미. 그리고.

"저들은 그게 부족합니다."

무조건 따라 한다고 될 게 아니란 것을.

낭만의 시대 〈97〉

* * *

 런던, 어느 출판사 지하실은 오늘도 싸구려 궐련 냄새가 자욱했다.

 정확히 말하면 '했었다'.

 유일한 남미산 시가 냄새가 그 궐련 냄새들을 쪼아 대느라 바빴기 때문이다.

 "이 머저리들, 아무리 빠르게 쓰라곤 했지만 이게 대체 뭐야!? 아무리 그래도 돈 받은 만큼은 써야 할 거 아냐, 돈 받은 만큼은!!"

 출판사의 명목상 투자자, 실질적 소유주는 그렇게 말하며 원고를 내팽개쳤다. 손만 대도 찢어지는 싸구려 종이 위에는, 메말라 바스러지는 걸 억지로 침을 발라 쓰는 바람에 입 냄새 풀풀 나게 된 잉크로 이렇게 쓰여 있었다.

 —그래서 마녀 샐리는 열심히 내달렸다. 내달린 이유는 다음과 같았다. 그 뒤로 간악한 서쪽 마녀가 쫓아오고 있었기 때문이다. 동쪽 왕국을 멸망시킨 사악한 마녀로 유명한 그는 샐리의 친모 중 한 명의 원수로…….

 실로 가관이 아닐 수 없다.
 사실상 소설이라기보다는 대본에 가까운 내용.

앞뒤가 전혀 맞지 않는 서술.

'친모 중 한 명(one of one's biological mothers)'이라는 숙어를 보았을 즈음에는 대략 정신이 멍해졌다.

그나마 문장이라도 짧으니 조금이라도 닮아 간 것이 다행이라고 해야 할까…… 물론 그나마도 자기 위안에 불과했지만.

처음에는 이러지 않았다. 그 역시 이곳에 들어와서는 허허 소리를 내면서 흐뭇하게 바라보곤 했으니까.

그도 그렇겠지. 기회를 놓치지 않겠답시고 야심 차게 한슬로 진보다 1.5배나 많은 양을 동시에 풀었고, 실제로 그 작전은 어느 정도 먹혔다.

초판은 어마어마하게 팔렸고, 그는 자신의 선견지명을 자랑삼아 이야기하고 다녔으니까.

……물론 그를 위해서 갈려 나가는 작가가 권당 10명 이상이 붙어야만 했지만.

그래도 나쁘지 않았다, 그때는.

하지만 그 매출은 2권 분량부터는 점차 수직 낙하하더니 3권에 이르러서는 바닥을 기기 시작했다.

심지어 작업량이 모자라 잡지에 싣지 못할 때도 있었으니…… 결과는 명약관화하리라.

'대체, 대체 왜! 그 미련한 벤틀리 자식은 운 좋게 작가 하나 잡아서 대박이 터졌거늘.'

이 업계의 대표 주자로서는 굳건한 1위. 잡지왕 조지

뉴즈를 뺄 수 없지만, 최근 업계에서의 유명세는 되레 〈벤틀리와 아들〉 출판사가 더 높은 편이다.

'벼락부자'로서 말이다.

그 어떤 사업가가 그런 '복권'을 꿈꾸지 않을까.

그래서 뛰어들었던 거다.

운 좋게 텅 비워진 시장을 선점해서 초기 성과는 제법 좋았고 말이다.

'젠장, 어떻게 잡은 기횐데 이렇게 놓칠쏘냐…….'

애초에 이쪽에 아예 관심이 없었는데 사업을 시작한 것부터가 잘못 아니었을까 싶지마는, 원래 이런 사람들은 실패의 원인을 자신보다는 타인으로부터 찾게 되는 법.

그렇기에, 투자자는 시가를 뻑뻑 피워 간신히 노기를 가라앉힌 뒤, 남은 분노를 전부 토해 내듯 외쳤다.

"알겠냐?! 이 밥버러지들아!! 돈을 받고 싶으면 그만큼 매출을 올리라고, 알겠냐!!"

"네에……."

"대답!!"

"네엣……!"

물론 이번에도 대답 소리는 작았다.

쇠도 씹어 먹을 나이에, 싸구려 기름으로 언제 튀긴지도 모를 뒤틀린 황천의 물고기를 호밀빵과 함께 먹었으니 대답이라도 하는 게 용한 편이다.

하지만 투자자는 당당했다.

〈100〉 대영 제국에서 작가로 살아남기 4

아니, 일당 줬지, 종이랑 펜, 잉크까지 줬지. 많이 쓰란 것도 아니고 32페이지짜리 원고를 각각 4페이지씩, 그것도 8명이 공평하게 나눠서 쓰라는 데, 이게 그렇게 어려운가?

"하여간 머저리 같은 놈들."

"하, 하하. 너무 걱정 마십시오, 사장님. 그래도 꽤 만족스러운 수익이 나오지 않았습니까?"

"사장은 너다, 멍청아."

"아앗, 그랬었죠!"

물론 바지사장이다.

어쨌든 돈만 많은 졸부라 하더라도, 조지 눈스는 무서우니까 말이다. 이런 식의 허수아비는 몇 개씩 쓰더라도 아깝지 않았다.

"그리고, 고작 이 정도로 만족할 성싶으냐?"

그러면서도, 이런 무능한 놈을 허수아비로 쓰자니 속이 답답했다. 물론 그래서 아낌없이 쓰이는 허수아비긴 하지만.

'그래도 대가리가 있으면 지금 상황이 얼마나 시급한진 알아야 할 거 아냐.'

투자자는 새로운 시가를 커팅하며 눈살을 찌푸렸다.

스스로도 생각했듯 초기 성과는 나쁘지 않았던 것이 사실이다.

완결 반대 여론 자체는 가라앉았지만, 개인 차원의 불

매는 막을 수 없는 법.

〈피터 페리〉의 완결에 반감을 갖고, 다른 작가들의 연재도 안보겠다며 〈벤틀리와 아들〉 자체를 불매하는 사람들이 호기심을 갖고 구매해 준 덕이었다.

뭐, 딱 거기까지였지만.

'어째서, 대체 어째서 더 팔리지 않는 거냐.'

매출이 빠진 데는 여러 원인이 있겠지만, 역시 제일 큰 문제는 같은 생각을 한 경쟁자들이 너무 많았다는 점이었다.

결국 지금도 보라. 너무 많은 펄프질 싸구려 잡지의 픽션 소설…… 줄여서 '펄프 픽션'이 예상보다 훨씬 빠르게 양산되고 있지 않았던가.

'후, 이 장사도 오래는 못 하겠군.'

투자자는 그렇게 진단했다.

단순히 시장이 급격하게, 비정상적으로 커졌기 때문만은 아니다. 오히려 소비자의 반응이 생각보다 싸늘했음에 있었다.

그렇게 데모까지 하면서 울부짖던 이들 아닌가? 그런데 이렇게 금세 열기가 식을 줄은 상상도 못 한 것이다.

"어쩔 수 없군. 이렇게 된다면 역시 좀 더 많이 내야겠어."

초반은 많이 팔리니 그럼 초반만 많이 내면 되지 않을까 하는 발상이다.

뭐, 안 팔리면 멈추고 또 새로운 것을 내면 되겠지. 그러다 보면 원금 회수도 빨리할 수 있을 것이다.

그나저나…….

'대체 그 미친놈은 무슨 능력으로 월간 2질, 주간 1질을 했던 거지? 무슨 글 뽑는 기계라도 되나?'

속독만큼이나 속필도 훈련이다. 그리고 그 속필이 훈련되지 않은 이 시대의 작가들은 도저히 일일 연재가 상식이던 시대의 작가를 따라가지 못했다.

아직 그 정도로 단련된 작가는 나오지 않았으니까.

하물며 거기서 퀄리티까지 챙기기엔, 대학생들의 필력이 너무나도 모자라다.

안이하게 '대충 비슷하게만 쓰면 되겠지, 뭐!'라고 뛰어들었건만, 시작부터 이리저리 불화가 많았다.

—……이게 뭐지? 아무리 봐도 한슬로 진의 소설 같아 보이진 않는데? 문장이 뭐 이리 지저분하나?

—하, 하지만 그 부분을 넣지 않으면 당시 주인공의 심정을 전달하기 어렵습니다!

—한슬로 진은 잘 하지 않았나? 내가 왜 너 같은 무명 작가한테 월급을 준다고 생각하지? 어차피 짧고 간단한 문장 아닌가? 지금 준 원고의 반 분량이야! 그럼 그 정도는 해야 할 거 아니야!

—저…… 저는 한슬로 진이 아니라고요!

수많은 작가가 교체되었고.

—사장님! 시, 신문에 저희 기사가!

―뭐? '한 챕터에서 8번이나 바뀐 문체. 이 시대의 키메라인가'? 하여간 저널이라는 것들은 쓸데없는 것에만 집중하고 난리야! 멍청한 시민들은 알아보지도 못할 것을 괜히 이렇게 시끄럽게 하다니!

―그것 말고도 표절 의혹도 있었습니다. 어떻게 대응할까요?

―내버려 둬! 일단 찍어 내!

쓸모없는 일로 괜한 분란이 생긴다든지.

그리고…….

―자, 이것을 부탁드리오.

―……이게 뭐요?

―한슬로 진의 아류작(亞流作) 잡지들을 만들려고 하신다면서? 우리가 도와드리겠소. 법률적인 문제도 어느 정도 해결해 주지. 단…… 무조건 한슬로 진을 이겨야 하오.

너무나도 수상쩍은 누군가의 제안. 그리고 문체에서 대놓고 드러나는 구태의 냄새까지.

점점, 이 '아까운 고기'라고 생각했던 시장이 사실 바닥 없는 수렁 같은 건 아닐까, 하는 생각마저 들고 있다.

'우선.'

그래도, 아깝다. 그렇기에 생각했다. 들인 돈도 적지 않고, 시간도 있으니까.

'우선 조금만 더 불려 보자. 윤전기를 미친 듯이 돌려서 매출을 뽑아내고 난 다음엔 공장 채로 다른 쪽에 넘기는

거지. 그럼 한탕은 하고도 남겠군.'

어떻게든, 최대한 단물을 쪽쪽 빨아야 한다. 투자자는 조심스럽게 작전을 짜기 시작했다.

물론 합리적인 경영인이라면, 매몰 비용을 감수할지언정 손해를 최소화하는 방식을 택할 것이다.

하지만 인간은 본래 합리적이지 않으며, 그렇기에 투자자 역시 우물쭈물할 뿐 밑의 부하들을 쪼는 수밖에 없었다.

그래서 그 결과.

"사, 사장님!! 큰일 났습니다!!"

"아."

타임 아웃이다.

왠지 모를 직감에, 투자자는 눈을 질끈 감으며 생각했다.

* * *

사실 이번에 이렇게 '펄프 픽션'이 범람하는 걸 보면, 내가 이, 장르문학에 입문했을 적이 떠오른다.

세대로 치면 3세대쯤? 집 앞에 도서관이 있어서, 시험공부를 한다고 뻥 치고 가서 닥치는 대로 탐독했던 기억이 있다.

내가 생각보다 입덕이 늦었던 지라, 대여점은 오히려 서서히 쇠퇴하던 시기였다.

'악화(惡貨)가 양화(良貨)를 구축(驅逐)한다'면, 악화는 더욱 질이 나쁜 악화에 구축된다.

장르문학 저질화의 주범으로 꼽히던 대여점이 오히려 MP4나 폴더폰의 발전, 그때도 처참했던 저작권법 때문에 블로그나 P2P 사이트 등에서 나돌아다니던 텍스트 파일과 유조아 같은 팬픽 사이트에 의해 몰락하는 꼬라지를 보면…… 세상 참 해괴했더랬지.

아무튼 그 시절, 내 세대가 마지막으로 향유했던 그 시절의 장르문학을 한마디로 압축한 말이 있다면, 아마 이것일 것이다.

양산형 판타지 소설, '양판소.'

그 시절의 1티어를 제외하면 표절도 심했고, 퀄리티도 들쑥날쑥했었다.

이세계는 하나같이 달이 여럿에 무지성 국뽕을 넣거나, '레벨 업을 하셨습니다!'로 한 페이지를 가득 채우기도 했지.

게임 스토리를 깔 때 보이는 '태초에 천족과 마족이~'라는 레퍼토리 역시 바로 이 시절의 산물이었다.

하지만 이것도 완전히 의미가 없진 않았다.

결국 파이의 크기를 키우는 결과를 낳았으니까.

이때의 경험이 밑거름되어, 독자들이 클리셰와 문법을 자연스럽게 습득하는 계기가 되기도 했다.

덕분에 요즘 사람들은 빙의나 환생을 해도 염라대왕이

니 신의 실수 같은 그 원리를 따로 설명하지 않아도 작품을 감상할 수 있게 되었지.

그리고 이들이 성장해, 새롭게 작가로 유입된 것이다.

그리하여 세대가 물갈이 되고, 웹소설 시장이 되었을 때.

더 많은 작품, 더 많은 경쟁 속에서 더 많은 '백마 탄 초인'들이 튀어나왔다.

어느샌가 한국산 장르문학은 만화, 애니, 드라마, 게임의 원작이 되고 세계로 뻗어 나가며 성장했으니…… 아마 그 시기로 돌아가서 말했다간 그게 말이 되느냐며 코웃음이나 칠 법한 이야기다.

그래서, 사실 나는 이번 '펄프 픽션'의 범람을 매우 기꺼워하고 있다.

결국 시장은 파이를 키우는 게 우선이니까.

백마 탄 초인도 사람이다. 무한 경쟁 속에서 꾸준한 트렌드의 순환이 있어야 장르는 죽지 않고 계속해서 이어진다.

고인물은 썩고, 쇠퇴하니까.

실제로 이번 작품 중에서도 나름 나쁘지 않은 새싹들이 보이긴 했다.

"뭐, 어디 한번 기어올라 봐라. 애송이들."

올라오면 올라오는 대로, 올라오지 못하면 올라오지 못하는 대로. 전자는 이쪽으로 끌어들이고, 후자는 다음 세대의 양분이 된다.
 어느 쪽이든 내겐 손해가 없다는 거지.
 나는 히죽 웃으면서 빠르게 돌아가는 제본소를.
 그리고 인쇄되어 나오는 〈위클리 템플〉의 잘 빠진 표지를 보았다.

 —〈피터 페리〉 후속작, 〈딕터 박사의 기묘한 모험〉!
 —피터 페리만큼이나 용감한 딕터 박사와 새로운 모험을 떠나세요!

 자아.
 ———따라 올 수 있겠나.

* * *

"딕터 박사님, 저게 대체 뭐예요!!"
 앳된 소리가 동굴을 크게 울렸다. 이내, 호탕한 중년인의 목소리가 그 뒤를 이었다.
"하하하하! 그레이스 양, 내가 어떻게 알겠나?"
"진짜, 내가 미쳐!!"
 그때였다. 우르르릉!! 하는 소리와 동굴 속에서 무언가 — 구체적으로 말하면, 거대한 돌덩어리가 두 사람을 덮치려 들었다.

"저런 함정이 대체 왜 이런 데에 있어요!"

"이곳은 고대 갈리아 민족이 로마인들에 맞서 싸운 최후의 보루 중 하나지! 아마 그때 만들어 둔 수성(守城)용 병기가 아닐까 싶군!"

"그 쓸데없는 설명 좀 그만하시고, 저 좀 살려 주세요오!!"

"이런 이런, 정말이지 요즘 대학원생들이란! 학자로서의 학구열은 조금도 없는 건가?"

그게 밥 먹여 주냐고요.

그 꼰대스럽기 그지없는 말에 그레이스가 도톰한 입술을 열어 반박하려던 그때였다.

딕터 박사의 굵은 팔이 그레이스를 잡아당겼다.

그리고.

"으, 으아아아?!"

"꽉 잡게나!!"

천장이 돌고 있다. 로프 끝에 단도를 매달고, 벽에 내던져 박은 딕터 박사가 그것을 쭉 당긴 것이다.

그리하여 이루어지는 것은.

"으어어어어."

빙글빙글 도는 시야의 밑으로 지나가는 바위 더미.

급격한 움직임에 위액이 역류할 거 같았다.

우웁…….

"차라리 눈을 감고 있게."

"예, 에에……!"

그녀는 그 말대로 눈을 꼬옥 감았다. 그사이에도 휙휙 스쳐 지나가는 바람 같은 것들이 느껴진다.

휘이이익! 탱———!

"거참, 여기 또 이런 게 있구먼."

아니, 바람이 아닌가?

아무튼 아무것도 모른다. 모를 것이다. 그렇게 다짐하고 얼마나 지났을까?

"자, 슬슬 도착이군."

박사의 담담한 목소리가 귓가에서 들려왔다. 그리하여 그레이스가 다시 빼꼼 눈을 떴을 때는.

"바, 박사님?"

그레이스는 잠시 숨을 삼켰다.

과연 50살. 잘 단련된 탄탄한 육신이 그녀의 시선을 사로잡던 그때.

"좋아. 멀어지는군."

"예?"

"저쪽."

그레이스는 눈을 끔벅이며 박사가 가리키는 쪽을 보았다. 놀랍게도 그들을 덮치려던 돌덩이가 저쪽으로 멀어지고 있었다.

"어떻게 된 거죠?"

"좋은 학자가 되려면 항상 주변을 잘 살피라고 했잖나.

그래야 옆으로 난 샛길을 발견할 수 있는 거라네."

"하아아아……."

그럼 진작 좀 얘기하지.

그레이스는 그렇게 말하며 주저앉았다. 박사는 그런 그녀의 머리를 쓰다듬으며 껄껄 웃었다.

"그래도 첫 모험인데 근성이 있군. 아주 좋아, 훌륭한 학자가 되겠어."

"전 그냥 문화인류학 박사 논문을 쓰고 싶을 뿐이에요……!"

"저런, 책상에 앉아서는 이런 광경을 못 보는데?"

딕터 박사가 능글맞게 말했다. 그레이스는 그 말에 고개를 들었다.

그곳은 동굴 속의 자그마한 정원이었다.

천장에 난 자그마한 틈. 그곳을 통해 이 어두운 곳에 마치 스테인드글라스처럼 반사된 햇볕이 아름답게 펼쳐지고 있었다.

그 아래로는 마치 어떻게든 삶을 이어 가려는 자연의 위대함을 알려 주려는 듯, 이름 모를 이끼와 들풀들이 생육하고 번창하고 있었다.

그리고 그 밑에, 거대한 벽화가 있었다.

강대한 로마 제국과 마지막까지 용기 있게 맞서 싸운 위대한 갈리아의 용사들. 그들을 찬양하기 위해 그려졌을 벽화는 세월의 흐름 속에서도 그럭저럭 그 형체를 유지하고 있었다.

"어떤가?"

"너무, 너무 아름다워요……!"

그레이스는 힘든 것을 잊고 감탄했다.

세상에, 이렇게 아름다운 풍경이 있었다니! 그야말로 신께서 안배하신, 장엄하고도 경이적인 풍경이었다.

"굉장해요! 이걸로 제 졸업 논문은 완벽히 끝낼 수 있을 거 같아요!"

그녀는 눈을 이중으로 반짝이며 신나게 벽화를 스케치하기 시작했다.

그런 그녀의 모습을 보며 닥터 박사는 구석에 주저앉은 뒤 품에서 은제 힙플라스크(Hip Flask)를 꺼내 내용물을 입가에 흘려 넣었다.

크으.

한 번에 안에 있는 것들을 전부 들이켠 뒤, 그는 나직이 말했다.

"후후, 아무렴 제 졸업 논문을 쓰자고 교수를 고용하는 학생인데 어련하실까."

하지만, 확실히 싹수는 있다.

"좋아, 이번 일이 끝나면 이쪽 연구소 취직을 권해 볼까."

그렇게 미소를 지었다.

그리고 그런 그의 뒤로, 바위가 굴러왔던 벽 위에서 검은 그림자가 스며들었다.

* * *

〈위클리 템플〉이 발매된 후.
런던은 열광의 도가니에 빠져들었다.
"캬아아아아!!"
"이거지, 제엔장!"
"믿고 있었다고!!"
미스캐토닉 대학 부설 연구소의 소장이자, 사고뭉치로서 유명한 중년의 거구 학자인 데이비드 딕터 박사.

그리고 대학원 박사 학위 논문을 쓰기 위해 그를 찾아온, 금발에 푸른 눈을 가진 매력적인 학생 그레이스 그레인저.

딸과 아버지 수준의 두 사람이 펼치는, 알려지지 않은 문명과 자연이 어우러진 비경(祕境)으로의 모험.

이는 기존의 잃어버린 문명(Lost world) 계열의 모험물보단 익숙한 문명들을 대상으로 하면서도, 알지 못하는 곳을 탐험하는 그 자체에서 나오는 긴장감은 그대로 간직하고 있었다.

미지와 기지(旣知)가 공존하는 미묘한 줄타기.

그것이 헨리 라이더 해거드(Henry Rider Haggard)의 앨런 쿼터메인(Allan Quatermain) 시리즈와 차별되는 독특한 개성이었으며, 런던의 독자들이 열광하는 지점이었다.

"그랬군. 한슬로 진이 프랑스에 갔다는 것도 이걸 쓰기 위한 자료 조사였구먼?!"

"아, 그렇다면 인정해야지!!"

"자네, 어디 가나?"

"어디 가긴, 나도 이번 휴가는 갈리아의 유적을 탐험하러 프랑스에 갈 걸세!!"

도버에서 출발하는 칼레행 여객선이 순식간에 만선이 되었다.

카이사르의 〈갈리아 전기〉 번역판이 불티나게 팔리기 시작했다.

그와 동시에 프리드쇼프 난센을 구조했던, 프레더릭 조지 잭슨의 탐험일지의 판매량도 덩달아 늘어나기 시작했다.

"〈피터 페리〉의 후속작치고, 과하게 나이 든 감은 있다. 있지만……."

"적어도 용기를 갖고 앞으로 나아가는 딕터 박사의 모습은 피터 페리와 똑 닮았어! 허섭스레기 같은 양산형 펄프 픽션보단 훨씬 낫다!"

게다가, 주변 상황도 도움이 되었다.

이미 한슬로 진이 없는 사이, 포화 되어 있던 '펄프 픽션' 시장은 수많은 독자의 눈을 썩히고, 구토를 유발하고, 환불을 요청하게 만들었다.

 이런 상황에서, 급격히 올라간 주인공의 나이를 비롯해 기존 팬들이 만족하지 못할 부분은 어느 정도 있었지만, 더 심각한 것들을 보고 나니 상대적으로 '이 정도면 선녀다'라는 마음을 품게 만들었다.

 아니, 되려 새로운 독자층을 끌어들였다.

 ―음, 그럼 노병은 죽지 않는 법이지. 어? 내가 왕년엔 말이야.

 ―후후, 요즘 것들이 뭘 알겠나. 그 라인의 총성을 직접 겪지 않고는 사나이라 말할 수 없지. 총을 쏘고 안 되면 그대로 입으로라도 물고 돌격할 때의 짜릿함은…….

 ―그럼! 사나이는 시간이 지날수록 진국이 우려 나오기 마련이지.

 전작에서는 양심상 동화하지 못했던 중년 이상의 팬층이라든지.

 ―어머, 닥터 박사…… 나이가 나이인데도 이런 팔뚝이라니…….

 ―이 중후한 매력은 역시, 다른 것들관 다른 별미네요. 호호.

 ―흠, 중간 안내역을 하는 쟝과 닥터 박사는 참 잘 어울리지 않을까요? 젠틀한 그의 언동에서는 호감이 느껴졌어요.

 ―후후, 마담도 꽤 대단하시군요. 그 미묘한 차이를 알

아보시다니. 이거 오늘 할 말이 많겠군요.

―역시 닥터X쟝이지요?

―역시 쟝X닥터죠!

―예?

―뭐요?

수려한 아르누보풍의 삽화가 가미된 덕에 유입된 여성 팬들…….

아무튼 여러 의미로 새로운 작품이었다.

원래 소년들에게는 꿈과 희망을, 그리고 청년들에게는 모험심을, 장년에겐 추억과 대리만족을 심어 주었으니.

―하. 하면 잘하면서 이런 수작을 부렸단 말이지.

심지어, 버킹엄의 구중궁궐 안에 있는 누군가조차 이렇게 촌평했을 정도였으니.

어찌 보면 〈닥터 박사의 기묘한 모험〉의 성공은, 이미 정해진 것이나 다름없었다…….

"하하하하, 그러니까 제가 말했잖습니까. 자신 있다고!"

"알겠네, 알겠어. 그러니까 그 경박한 웃음 좀 치우게나."

경박하다니. 이게 이래 봬도 검증된 성공의 웃음소리인데.

나는 잠시 입술을 삐죽였다. 하지만 그렇다고 지금, 아서 코난 도일의 그 웃음에 무어라 항의할 수는 없었다.

타이밍이 좋지 못했으니까.
"자, 문 엽니다!!"
"자, 잠깐! 아니야!! 거긴!!"
"닥치고 있어!!"
스코틀랜드 야드가 배불뚝이의 무릎을 꿇렸다.
배불뚝이는 아픈 것도 무시하고 발악했지만, 결국 문이 열리는 것까지는 막을 수 없었다.
그리고 개봉된 문 안에서 처음으로 느껴진 것은 다름 아닌.
"으윽······!"
"내, 냄새."
이미 스코틀랜드 야드의 경찰들은 충분히 런던의 누런 콩 수프 같은 스모그에도 익숙해져 있는 사람들이다.
하지만 그런 이들조차, 지금 문을 연 방 안에서 흘러나오는 퀴퀴한 땀 냄새와 기름 냄새, 그리고 음식물 쓰레기 냄새는 도저히 참을 수 없었다.
"뭐······ 야?"
"밥, 밥입니까······?"
그리고, 그 안에서 천천히 들려오는 미약한 목소리.
얼마나 갈라져 있는지 마치 탄광에서 종일 있다 올라오는 것만 같았다.
그리고 그 목소리만큼이나 미약한, 간신히 형체나 알아볼 법한 조명 아래에 '그들'이 보였다.

"스코틀랜드 야드입니다! 여기, 노팅엄 대학교 학생 잭 클린턴 있습니까?!"
"저, 접니다……!"
"그러면 해리, 해리 포덤…… 아니지, 일단 전부 나오세요! 나오면서 이름 적으시면 됩니다!"
"저, 적어요?!"
"마, 만년필! 잉크! 히이이익!!"
마치 필기도구에 근원적 공포를 느끼는 듯한 이들.
나는 그들을 보며 입술을 깨물었다.
"어느 정도 문제가 있을 거라곤 생각했지만, 설마 이렇게까지 심각할 줄은 몰랐습니다."
"자네 탓이 아닐세. 저들의 탐욕이 문제지."
아서 코난 도일이 매서운 눈으로 포박된 채 바닥에 처박혀 있는 배불뚝이를 노려보았다.

지금 이곳은 어느 이름 없는 주간잡지사 중 하나, 그중에서도 〈브라우니 베빈〉, 그러니까 내 〈피터 페리〉에서 토씨 하나 안 바꾸고 표절한 글을 쓴 곳이었다.

선을 넘은 곳들을 몽땅 쓸어 담으려고 마음먹었기 때문이다.

게다가 원래 역사를…… 아니, 고작 내가 말했던 그 시기만 해도 비슷한 느낌의 착취와 관련된 사건 사고가 많이 있었다.

상식도 공정도 전부 반공 하나에 묻혀 버리고, 인권이

천박한 농담이었던 군사정권 시절이 아니라.

안녕전화에서 작품성을 인정받은 장르문학이 돈이 된다는 걸 알고, 별별 착취를 받던 90년대에서 00년대의 2세대 시기.

그런 역사가 있다는 걸 알면서, 이 시대에도 그걸 반복할 순 없다.

그래서 스코틀랜드 야드와 관련이 깊은 아서 코난 도일 선생님의 도움을 받아서 겸사겸사 제일 심각해 보이는 곳부터 급습을 때려 본 건데…….

와, 저 뚱땡이는 무슨 18세기에서 올라온 악마인가?

이건, 착취 정도가 아니라 무슨 올리버 트위스트를 찍고 있네?

"나도 참, 반성하게 되는군."

"선생님이 왜요."

"작가 연맹 같은 걸 세워 두고 이런 끔찍한 현장은 무시하고 있었지 않나."

이게 대체 뭐란 말인가.

생각보다 큰 충격을 받았는지, 언제나 냉철하던 아서 코난 도일은 목소리가 떨리고 있었다.

사실 나도 그 시절 출판업계의 밑바닥은 그저 한 다리 건너 주워듣다 보니 피상적으로만 알고 있었다. 내 때에는 그런 건 진짜 비상식의 영역으로 넘어간 뒤였고, 거기에는 여러 제대로 된 작가 선배님들과 출판사들의 노력

낭만의 시대 〈119〉

이 있었으니까.

 물론 웹소설 시대에도 그런 게 없었던 건 아니지만, 결국 내 일은 아니었으니까. 실제로 본 건 이번이 처음이지.

 겉보기에는 덤덤해 보이지만, 이건 이성을 유지하는 게 아닌 상상을 초월하는 무언가를 보았기에 어이가 없어서 리액션이 안 나오는 거에 더 가까웠다.

 "제도적으로 이런 착취를 막을 수 있는 방법을 찾아보겠네. 연맹 자체도 좀 더 많이 알려야겠군."

 "부탁드리겠습니다."

 "그리고."

 아서 코난 도일은 그렇게 말하며 어느 책상으로 다가갔다.

 그러더니, 손을 뻗어 가늘게 원고를 노려보았다.

 "하딘지 기파드."

 "예? 누구요?"

 "있네."

 그런 사람이. 아서 코난 도일은 그저, 그렇게 말할 뿐이었다.

문학의 미래

이탈리아, 리구리아 주 보르디게라(Bordighera).
"조르조(Giorgio)! 조르조 영감님!! 소포 왔어요!!"
"조지라고 부르랬잖느냐. 요 맹랑한 녀석."
무려 20년 가까이 살고 있음에도 여전히 지우지 못한 영국 억양의 이탈리아 말이었다.
하지만 그 말 아래에는 정겨움이 묻어났으며, 노인의 늙은 손으로 건네는 팁은 더더욱 정겨웠다.
"보자, 웬 소포가…… 루이스? 그리운 이름이군."
조지 노인은 순간 '설마 이 친구, 그사이 잡혀들어간 건 아니겠지?'라고 생각했다.
8살 아래의 후배가 그럴 사람이 아니라는 건 잘 알고 있었지만, 아무래도 세간의 눈이라는 게 꼭 그렇지 않다 보니.

"어디⋯⋯."

호오. 그는 적혀진 것을 유심히 살펴보았다.

다행히 루이스는 무사했다. 외려 그가 전해 온 것은 큰 낭보(朗報)였다.

"호오! 아동 문학으로 이 정도의 장편 연재를 하는 후배가 나왔단 말인가."

심지어 다작에 주간 연재라⋯⋯ 조지 노인은 젊은이의 객기라 생각하면서도, 대단한 도전임을 부정할 수 없었다.

확실히 체력과 아이디어만 받쳐준다면, 그것 이상으로 독자들을 만족시킬 수 있는 방법이 없을 테니.

하지만⋯⋯ 오랜만에 보내는 소식이거늘, 고작 새로운 후배를 소개하는 게 전부인가? 그렇게 생각했던 조지는 뒤이어 이어지는 내용에 절로 눈살을 찌푸렸다.

아서 코난 도일. 조지 버나드 쇼. 그리고.

"왕립 문학회라."

노인은 제가 칩거한 이후로 세상이 참 많이 바뀌고 있긴 하다는 생각이 들었다. 예전 같았으면 그저 저 추악한 기생충, 혹은 노력도 안 하는 버러지들은 그냥 무시하고 그들만의 영역을 개척했을 것을⋯⋯.

그래, 이미 고인이 된 선배인 찰스 디킨스가 그러했던 것처럼.

그런데.

"이런 은퇴한 노인네까지 불러들이려 하다니. 허허. 고약한지고."

그렇게까지 중요한 건가? 혹은 이번에 그래야만 하는 이유가 있던 걸까?

아무것도 알 수 없었다. 그가 저 요청대로 참가해야 하는 이유조차 없다.

하지만, 동시에.

"재밌겠군."

노인의 입매가 흉험하게 일그러졌다.

아아, 참으로 기나긴 모멸과 핍박의 시간이었다.

귀를 닫고 눈을 감는다 한들 그들에게 받은 박해가 어디 사라지던가?

그들의 동료이자, 한 시대를 풍미한 극작가 에드워드 불워-리턴 남작(Edward George Bulwer-Lytton)은 '펜은 칼보다 강하다'라는 말을 남겼다.

유난히 인상적이던 말이었다.

그리고 그 말이 사실이라면, 어째서 저들은 펜이 남긴 흉터가 칼로 만든 흉터보다 약하리라 생각하고 있는 걸까.

이미 그의 눈에서는 방금과 같은 온화함을 찾아볼 수 없었다. 남아 있는 것은 오로지 해묵은 복수와 앙금의 불길만이 이글이글 타오르고 있을 뿐이었다.

그 모습은 마치 백전연마의 노병과도 같았다.

그렇게, 너무 일찍 등장한 환상 문학의 조부.

조지 맥도널드(George MacDonald)는 오랜만의 귀국을 결심했다.

* * *

"허, 참. 발도 빠르군."

왕립 문학회장, 할스베리 백작 하딘지 기파드는 혀를 차며 신문들을 내려놓았다.

〈인기 잡지사 A의 참혹한 실태!〉

〈'키메라 소설'은 이렇게 만들어졌다! 지하 작업실 폭로!〉

〈"우리는 글 쓰는 공장의 부품이었다."…… 작가 지망생들의 눈물.〉

지난주에 시작하여, 벌써 일곱 곳이 당했다.

〈브라우니 베빈〉 같은 표절작을 만든 곳도 두어 군데 더 있긴 했지만, 이를 제외한 나머지들은 결코 그 정도는 아니었다.

그저 다른 곳과 크게 다르지 않은 공장식 작업실을 굴릴 뿐이었던 곳.

하지만 그런 곳조차 스코틀랜드 야드가, 그리고 그 뒤에 있는 아서 코난 도일이 기를 쓰고 찾아다니며 잡아 대는 중이었다.

이유는 뭐, 뻔했다.

'기강 잡기에 나선 거군.'

아마 자신이라도 그런 식으로 나섰을 테니까.

그 순간, 하딘지 기파드는 갑자기 불쾌해졌다.

감히 왕립 문학회의 회원으로 넣어 줬음에도 불구하고, 결국 아서 코난 도일은 책 하나 망했답시고 저 조지 버나드 쇼와 같은 이단과 손을 잡아 '작가 연맹' 같은 것을 설립해 버리지 않았던가.

그리고 은근슬쩍 〈바스커빌 가문의 개〉, 〈공포의 계곡〉과 같은 프리퀄 소설들을 잇달아 내놓으며, 〈셜록 홈스〉의 부활을 예고하고 있기까지.

마치 다시금 대중문학으로 돌아가 버리기라도 하겠다는 듯한 그 행보에, 그가 불쾌하지 않은 것이 이상할 따름이었다.

그의 입장에서는 그야말로 유다와 같은 행위나 다름없었기에.

'제가 먹고 싶은 것은 다 먹고 입을 싹 씻다니. 역시 천한 족속들과 손을 잡는 게 아니었는데!'

게다가 더욱 불쾌한 것은, 그 행보는 더없이 정석적이라는 것이다.

작품 그 자체가 아니라 작가에 대한 착취로 몰고 가기만 해도, 삼류 잡지사들을 확실히 때려잡을 수 있을 테니까.

한마디로 말하자면 체크메이트에 걸린 셈이다.

"쯧. 사특(邪慝)한 글을 쓴다면 그 행보도 사특해야 공략하기 편하거늘."

이러면 차라리 빠르게 발을 빼는 게 좋을까?

천천히 혀를 차며 고민하던 그의 귀에 문득 문을 두드리는 소리가 흘러 들어왔다.

그는 반사적으로 고개를 들었다.

"무슨 일인가?"

"실례합니다, 회장님. 미국에서 편지가 왔습니다."

"편지?"

혹시 그건가? 문을 열고 들어오라고 말한 그는, 편지를 받고 천천히 그 내용을 정독하기 시작했다.

그리고 말미, '기쁜 마음으로 받아들이겠다'라고 말한 것까지 확인한 뒤.

"후. 다행이군."

그가 돌아오기만 한다면, 이 상황을 뒤엎을 만한 패가 더해질 것이다.

"후후후, 그래. 너희들이 제아무리 발버둥을 쳐 봤자지."

이러면 당분간은 걱정이 없다. 그렇게 생각한 순간이었다.

열렸던 문 너머로 낯선 소음들이 밀려 올라오기 시작했다.

―당신들 뭐…… 으악!
―수…… 해! 한 명도……!
―이건 불……!
뭐지?
할스베리 백작, 하딘지 기파드는 영문도 모른 채 그저 눈살을 찌푸릴 뿐이었다.
부유한 상인의 아들로 금수저를 물고 태어나, 사법부의 수장까지 올라가며 귀족 작위까지 받은 그가 고작 이런 일로 경거망동할 수는 없었다.
"네놈들은 뭐냐! 감히 내가 누군지 알고!!"
하지만 그런 그조차 스코틀랜드 야드, 그리고 그들을 이끌고 온 아서 코난 도일의 모습에는 벌떡 일어나 노성을 터트릴 수밖에 없었다.
그러자 놈들은 감히 그런 것에 끄떡도 하지 않은 채 그저 그의 주위를 감쌌다.
"할스베리 백작, 하딘지 기파드 각하 아니십니까?"
스코틀랜드 야드의 존스 경감이 겸연쩍게 웃으며 말했다.
그는 품에서 하얀 종이를 꺼내 보였다.
법관으로서도 잔뼈가 굵었던 기파드가 그것이 무엇인지 못 알아볼 리 없었다.
"영장?! 감히! 날 체포하겠단 것인가!? 무슨 혐의로!!"
"뭘 물으시나. 왕립 문학회의 공금을 유용(流用)하여

불법 잡지를 후원, 유통시킨 혐의요."

그렇게 말하며 앞으로 나온 것은 다름 아닌 아서 코난 도일이었다.

하딘지 기파드는 눈을 부라리며 그를 보았지만, 그는 그저 담담한 눈빛으로 마주 볼 뿐이었다.

"선을 너무 넘으셨소. 왕립 문학회장."

"증거는?! 감히 왕립 문학회의 회장인, 이 나라의 문학의 신성함을 수호하는 기사인 내가 그런 허섭스레기 같은 것들을 지원했다는 증거는 어디 있단 말이냐!!"

그가 그리 빽빽대며 소리쳤으나 소용이 없었다. 앞에 서 있는 자들은 건조한 목소리로 담담히 내용을 전했다.

"잡지사 사장들의 증언을 이미 확보했소. 투자금을 주면서 '한슬로 진을 묻어 버려라.'라는 사주를 했다고 알아서 나불거리더군."

게다가, 투자금만 준 게 아니다.

아서 코난 도일은 피식 웃으면서 말했다.

"잡지사 사무실에서 왕립 문학회원들이 쓴 원고들도 이미 확인했소."

물론 당신 것도.

"의외로 잘 쓰시더군. 왕립 문학회장으로서의 이름값 정도는 하시더이다."

"그게 내가 쓴 글인 줄은 어떻게 알고!"

"필적(筆跡). 그리고 버릇."

아서 코난 도일은 담담하게 말했다.

"타자기라도 쓴다면 모를까, 아무리 다른 사람의 것으로 왜곡하든, 아니면 다른 사람이 흉내를 낸다 한들, 그 글씨체와 버릇은 어쩔 수 없이 묻어날 수밖에 없소."

왕립 문학회가 괜히 왕립 문학회인가? 그들의 손글씨라는 증거자료는 이미 시장에 차고 넘쳤다.

특히 할스베리 백작은 원래 사법부에서의 활동으로 작위를 받은 사람.

그가 작성한 법정수기록은 법원도서관에서 적절한 절차만 거치면 얼마든지 확인이 가능하다.

만약 잡지사에서 원고를 타자기로 옮긴 뒤에 원본을 태웠다면 영영 증거를 찾을 수 없었겠지만…….

"믿을 인간들을 믿었어야지."

그들도 나름, 토사구팽이 될 때를 대비하고 있었다는 뜻이다.

아서 코난 도일은 씁쓸함 반, 이죽거림을 반을 섞어 말했다.

그전에는 나름대로 많은 이들이 꿈꿔 왔던, 이 대영 제국의 문학의 '간판'이 아니었던가. 무려 국왕 폐하께서 세운, 작가로서 최고의 명예와도 같은 자리.

하지만 지금은 어떤가, 그저 정치놀음에, 고인물들의 인맥 놀음에 찌든 썩은 판에 지나지 않았다.

"당신이 정말 명예를 아는 대영 제국의 신사라면, 순순히 체포되는 것이 좋을 것이오."

"뭐, 신사?"

그의 얼굴이 붉으락푸르락 변화했다. 그러는 사이에도 스코틀랜드 야드는 충실하게 그의 양팔을 붙들었다.

하던지 기파드의 손에 수갑이 걸리려는 순간, 그는 뿌득 이를 갈더니 손을 휘저어 스코틀랜드 야드를 밀쳐 내며 소리쳤다.

"감히…… 감히 천박한 것들이 그런 소리를 입에 담다니……! 역시 그놈의 찰스 디킨스 때부터 싹을 뽑아 버려야 했는데!"

"흐음……."

이제 숨기는 게 힘들다 생각하고, 본색을 드러내며 범행을 자백하는 건가?

법원에서 참고하기 좋겠군.

그렇게 생각하며 그는 천천히 고개를 끄덕이며 말을 받아 주기로 했다.

"그래서, 이런 추잡한 짓까지 저질러가면서까지, 대중문학을 묻어 버리고 싶었던 것이오?"

"그야, 당연하지! 찰스 디킨스, 그 미꾸라지 시절부터 소위 대중문학이라는 네놈들은 그랬다! 천박하고, 알량하고, 의미도 없는 낙서 같은 것이었다!!"

"허."

"대중'문학'? 문학이란 것은, 책이란 것은 신성한 것이다!

어딜 감히 너희 따위가 그런 신성한 단어를 입에 올려!!"

기파드는 노성을 터트리며 일갈했다.

"문학이란 그저 그 자체로 가치가 있는 것이다!! 대중에게 아양을 떨고 제발 한 번이라도 봐달라고 교태를 부리는 매춘부들의 분투성이 얼굴이 대체 무슨 미(美)의 이데아를 미메시스한단 말이냐!! 그런 것조차 책이라고 한다면, 네놈들은 저 데모나 하는 밑바닥 노동자들, 반사회적인 공산주의자들이 더럽힌 벽도 책이라 할 셈이냐!"

"흥미로운 의견이군."

아서 코난 도일은 잠시 눈을 감았다.

"뭐, 나도 한때는 그렇게 생각했으니 당신 말이 아주 틀렸다곤 하지 않겠소."

"그렇다면!!"

"하지만, 정말 그렇게 생각했다면— 그대는 그대의 문학으로 우리를 성토했어야지."

한때 역사 소설을 쓰고 싶어, 탐정 소설을 버렸던 자.

그리고 지금, 후배의 덕에 자신이 '셜록 홈스의 아버지'임을 인정하게 된 남자는 눈을 뜨고 말했다.

"대중은 바보가 아니오. 예전, 찰스 디킨스 대선배가 죽고, 한슬로 진이 등장하기 이전, 주간 연재 소설은 대중적이었으나 질이 너무 낮아 월간 연재에 밀려 버렸었지."

그대도 그랬어야 했소. 라고 아서 코난 도일이 일갈했다.

"그대는 그대의 문학으로 시대를, 우리를 설득해야 했소."

하지만 그러지 않았다.

기파드는 스스로 문학이 아닌 방법이라고 생각하면서도 그 수단으로 한슬로 진을 공격하려 했다.

문학가가 '문학이 아닌 방법'으로 말하는 순간, 그는 문학가가 아니다.

"협잡꾼에 불과하지."

아서 코난 도일은 그렇게 말했다.

그래서 그도 대응한 것이다. 문학이 아닌 경찰력으로.

할스베리 백작이 눈을 감는 사이, 경찰들이 소리쳤다.

"찾았습니다!"

"왕립 문학회의 공금 장부입니다."

"좋아, 끌고 가!"

"내가 끝이라고 생각하지 마라."

눈을 뜬 하딘지 기파드는 이를 갈며 말했다.

"문학은 신성하다. 나는 실패했지만, 그 신성성을 지키려는 자들은 앞으로도 이어질 것이다!!"

"그렇겠지."

아서 코난 도일은 입에 문 파이프 연기를 깊게 내뱉으며 말했다.

"대중문학도 언젠가 밀려날 날이 올 것이오. 미래는 그 누구도 모르는 것이니까."

하지만.

"적어도, 왕과 귀족의 시대가 되돌아오지 않는 한……댁 같은 편협한 작자들이 대세가 되는 날은 다시 오진 않겠지."

"큭……!"

하던지 기파드는 고개를 숙였다.

그렇게 조용히 끌려가는 모습을 보며, 아서 코난 도일은 파이프의 불을 끄며 깊은 한숨과 함께 말했다.

"일단, 이걸로 한 건 해결이군."

* * *

누차 말했지만, 해가 지지 않는 나라인 대영 제국은 문화 삼류국이다.

미술도 밀려, 음악도 밀려, 철학도 밀려.

요리는 말할 필요가 있나? 괜히 영국에서 잘 먹고 싶다면 아침을 세 번 먹으라는 말이 있는 게 아니다.

그중 그나마 일류 수준에 다다른 것이 바로 문학.

그렇기에 런던의 시민들은 싫어도 문학을 사랑했고, 영문학에 자부심을 가졌으며, 무려 '왕이 직접' 후원하는 문학 단체가 있다는 것을 자랑스러워했다.

그렇기에.

〈왕립 문학회장 하던지 기파드 할즈베리 백작, 체포!〉

그 왕립 문학회의 회장이 체포되었다는 급보에.
"들었나? 왕립 문학회장이 체포됐다는데!"
"뭐?! 그거 큰일이군. 근데, 그 양반이 뭐 쓴 사람인데?"
"어…… 글쎄?"
놀랄 만큼, 아무도 관심을 주지 않았다.
"쓸데없는 소리 하지 말고 〈피터 페리〉 8권이나 주쇼."
"당신, 지난번에 구매하신 분 아니십니까?"
"이번에 여동생이 아이를 낳아서 말입니다. 선물로 주려고요."
"오, 축하드리오!"
"고맙습니다. 내가 드디어 아빠가 됐어요!"
"……예?"

당연한 일이었다. 왕립이고 자시고 문학회장이란 사람이 뭘 썼는지도 모르는데, 그 사람이 잡혀 들어가든 말든 다른 사람들이 무슨 상관이란 말인가.

하다못해 세계 3대 문학상으로 거론되는 노벨문학상, 공쿠르상, 부커상 후보 정도로는 거론되어야 '국뽕'에 메마른 민중이 인식이라도 하고 반응할 게 아닌가.

물론, 이 시점에서는 저 세 국제상이 단 하나도 없다.

알프레드 노벨은 이제 겨우 유언장에 서명이나 하려던 참이고, 에드몽 드 공쿠르도 동생의 곁에서 〈공쿠르의 일기〉 집필에 열과 성을 다하고 있었으니…… 부커 그룹? 거긴 지금 설탕 파느라 바쁘다.

그렇게 할스베리 백작의 바람과는 달리, 매우 안타깝게도 그는 금방 대중의 관심 속에서 잊혔다.

하지만.

"반대로, 그렇기에 금방 나올 걸세."

아서 코난 도일은 그렇게 논평했다.

그의 말에 따르면, 하딘지 기파드가 왕립 문학회장을 하고 있던 것도 은퇴 후 소일거리에 가까웠다 한다.

말이 좋아서 문학의 수호자지, 사실 사법부의 고인물이 취미로 업적작 하는 것과 비슷한 거다.

뭐, 그래도 명색이 문학회장을 하고 있던 만큼 문학적 소양이 전혀 없던 것은 아니었지만, 아무튼 이쪽에 목숨 바친 인간은 아니라는 거지.

"아마, '후배'님들이 선배를 위해서 여러 방면으로 힘을 쓰긴 할 걸세. 뭐, 그래도 자백에 물증까지 있으니 무혐의로 끝내긴 어렵겠지. 아마 과한 벌금형으로 끝나지 않을까 싶네."

"뭔가 좀 아쉽긴 하네요."

나는 입맛을 다시며 말했다. 물론 그럴 거란 건 대충 예상하고 있긴 했다. 현실이란 것은 소설과는 달리 엄청난 핵 사이다를 뿜어 줄 수 없으니까.

게다가 법룡인들이 끈끈한 것도 있지만, 그 이전에 이 나라는 영국이니까.

성문법이 없어서 형량이 뻥튀기되기도 쉽지만, 형량이

축소되기도 쉬운 게 이 나라의 법이다. 판례가 우선하는 나라니까.

하지만 그렇게 아쉬워하는 내 모습에 아서 코난 도일은 고개를 끄덕이며 나직이 말했다.

"겉으로 보면 그렇긴 하지. 다만, 그뿐만은 아닐세. 아마 그는 남은 삶이 고통보다 더할 게야. 귀족에게는 유죄냐, 아니냐보다 더 중요한 게 있으니까."

"그게 뭐죠?"

"체면."

뭔가 중국 얘기 같은 단어다.

하지만 나도 밀러 씨 따라 얼핏얼핏 들어온 게 있다 보니, 고개를 끄덕일 수밖에 없었다.

귀족의 '체면'이라는 것은 정말, 몹시, 어마어마하게 중요한 일이니까.

"자네 나라는 어떤지 모르겠네만, 귀족적 행동의 요체는 상식에 있고, 상식이란 요컨대 사회가 돌아가는 방식이지. 그런데……."

"할스베리 후작의 행동은 상식적이지 않았다는 말씀이시군요."

"그래. 아마 평생 사교계에 얼굴을 들고 다니기 힘들겠지. 대충 "왕립 문학회장"이라는 양반이 '황색언론' 같은 쪽에 적극 지원했다니…… 평상시 그가 말하던 문학적 수준도 알 만하겠군.' 같은 느낌으로 돌려 까이지 않을까? 그리고 그자의 성격상 그걸 버틸 순 없겠지."

고로 자연스럽게 리타이어라는 소리였다. 거참, 묘하게 디테일해서 소름이 돋는 내용이네요.

"뭐, 그 정도로 몰려 있었다는 뜻이긴 하겠네만, 왜 그렇게까지 했는지…… 참, 이해가 안 가네. 마치 왕가 급의 거물이 얽혀 있어, 직접 공격하기 어려워 그랬던 것처럼 말이야. 혹시 밀러 씨 인맥 중에 왕족이라도 있나?"

"어, 글쎄요."

혹시 왕세손 얘긴가? 하지만 왕세손은 우리 같은 서민들한테나 높으신 분이지, 아직은 별 볼 일 없다는 게 귀족 쪽 얘기였을 텐데.

"어쨌든, 그래서 할스베리 백작은 사교계든, 문학계든, 귀족으로서의 우아한 생활은 전부 날아갔다고 봐야지. 귀족 작위가 취소나 안 되면 다행이겠군."

"허, 참."

나는 무심코 고개를 끄덕일 수밖에 없었다.

이미 말했듯, 작가는 예술가의 하위 카테고리다. 그리고 예술가의 주 특징 중 하나는…… 관심종자다.

나쁜 의미가 아니라, 다른 사람들의, 사회의 인정을 받아야 직성이 풀리는 사람들이니까.

그게 아니라면 왜 출판을 하고, 발표를 하고 전시회를 하겠어? 혼자 만족하며 제 일기장에 쓰고 고이 간직하고 있겠지.

이건 단순 상업 예술뿐만 아니라 순수 예술을 추구하는 사람들도 마찬가지다. 기본적으로 자신의 목소리를 세상에 내고 싶은 욕구는 되레 그쪽이 더 강한 편이지.

그리고, 할스베리 백작은 그런 명예를 얻고자 왕립 문학회장을 했었다.

그런데 이번 일로 오히려 명예가 탈탈 털렸으니, 사회적으로는 이미 산 송장이나 다름없겠네.

불쌍하게도…….

"겸사겸사, 왕립 문학회는 당분간 영업 중지일세."

"엣!? 진짜요?"

이번 일로 회장을 비롯한 여러 회원이 조사를 받고 있단다. 게다가 회장이 새로 뽑힐 때까지 어떤 활동을 할 수도 없다.

그러니 이 틈에 우리 작가 연맹에서 무언가를 해야 한다— 라는 게 아서 코난 도일, 그리고 그보다 더 정치 쪽에서 놀고 있는 조지 버나드 쇼의 의견이었다고 한다.

그래…… 예상대로 특히 조지 버나드 쇼가 이 일에 적극 가담하게 되었다.

그도 그럴 게 그는 훗날 자유당을 대신해 영국 양당 중 좌파를 담당하는 노동당의 전신이자 싱크탱크, 페이비언 협회(Fabian Society)의 개국 공신 중 하나였으니까.

대충 공산천마 마르크스의 속가제자 정도는 된다는 뜻이다.

그런 사람인 만큼, 이번 작가 지망생들에 대한 착취에 정말 크게 분노했고, 이를 적극 정치적으로 이용하려 했다.

아무래도 노동법의 기본을 싹 다 무시한 사건이니까 다루기도 쉬웠겠지.

심지어는 직접 제 손으로 프롤레타리아들을 착취한 그 부르주아들을 찢어 죽이겠다고 천명했다던데…… 으음, 아직 만난 적은 없긴 한데 역시 무서울 거 같은 사람이야.

"지금은 일단 자유당과 함께 법적으로 작가들을 보호할 수 있는 방법을 찾아보겠다고 하는데, 혹시 자네는 뭔가 아이디어가 없는가?"

"아니, 그걸 왜 저한테 물으십니까."

나는 어이가 없어서 되물었다.

아니, 난 그냥 소설 작가지 정치인도 변호사도 아니라고. 만약 내가 그런 아이디어가 숨풍숨풍 나오면 글을 쓰는 게 아니라 대통령을 하고 있었겠죠.

아무튼, 지금 나한텐 그런 아이디어가 '전혀' 없다.

애초에 이 영국의 출판 시장 사정도 잘 모르고. 뭐가 있는 줄을 알아야 아이디어를 내지.

트렌드 읽는 데 실패해서 워커맨에 매달릴 뻔해서 런쳤던 사람에게 뭘 더 바라는 거야?

하지만 아서 코난 도일은 그런 내 반응에 피식 웃어 보이더니.

문학의 미래 〈141〉

"허허, 또 시치미를 떼고 있구먼."

"아니, 제가 뭘요."

"그러면, 그렇게 쭈뼛쭈뼛, 머리를 긁적거리면서 '잘 모르는데요……' 하다가 잭 더 리퍼를 잡은 사람이 하는 겸양을 내가 어디까지 믿어야 하나?"

아니 그것도 소 뒷걸음질 치다가 쥐 잡은 거 아닙니까? 애초에 그거 추리해서 잡은 것도 댁이었잖수.

"정 모르겠으면 자네 온 그, 조선에 있던 제도라도 말해 보게. 그래, 자네는 대체 어떤 전장에서 필력을 갈고 닦았길래 그런 해괴한 문체와 형식이 손에 밴 겐가?"

"해괴하다뇨, 참."

그건 그렇고, 한국에 있었던 시스템이라…….

글쎄, 잘 쳐 줘도 무한 웹소설 연재 시스템? 만인의 만인에 의한 만인에 대한 노출이 일상적인 인터넷 공간이라 가능했던, 그리고 잘 활성화된 무한 콜로세움이 있었으니, 살아남기에 특화된 문체가 갈고닦일 수밖에 없었다.

하지만 이건 순수하게 인터넷이라는 초월적인 정보매체가 있었으니 가능했던 거지.

아날로그에서의 정보는 그만한 체력과 인력, 그리고 시간을 필요하지만, 인터넷에선 정보를 퍼트리는 것이 거의 무한정, 무제한, 실시간으로 가능하니까.

즉, 웹소설을 만든 시스템이 있다면 그건 월드 와이드

웹이지 제도가 아니란 얘기다. 괜히 '웹'소설이 아니니까.
 그러니 그런 부분은 제외하고.
 그나마 있다면, 글쎄—
 "음...... 최저 임금을 지정하거나, 기본적인 계약서의 기준을 만드는 건 어떨까요?"
 "음, 기준이라......"
 미래 한국에서도 사실상 모든 착취를 막는 것은 불가능했다.
 그게 가능했으면 유토피아가 완성됐겠지.
 하지만 이번 사태처럼 지금은 그 기초도 잡히지 않은 상황. 그러니 최소한의 틀이 잡아 주기만 해도, 독소 조항을 피하는 데 용이할 것이고 지금 같은 사태를 막는 데는 효과가 있을 거 같았다.
 어쨌든 앞서 말했듯, 영국의 법은 성문법이 없고 판례가 우선시 되는 커먼로(Common law) 시스템이니까.
 그 판례를 만들자는 거지.
 "계약의 최저점을 정하자는 건가. 괜찮군."
 "하지만 뭐, 모르는 사람이 많으면 그건 그거대로 문제가 많죠. 시장의 변화에 따라 갱신도 해야 할 거고요."
 "뭐, 이 부분은 이쪽에서 알아서 하겠네."
 아서 코난 도일은 고개를 끄덕이더니 말했다.
 "아, 그리고 이번에 우리가 구한 고학생들이랑, 작가 지망생들 말일세."

"예. 지금은 일단 작가 연맹에서 보호하고 있지 않았나요?"

"그래. 신문을 통해 가족을 수소문하든, 구호단체와 연결하든. 여전히 꿈을 가진 사람들에겐 잡지사에서 인턴으로 일하게 해 주는 방안도 모색하고 있네."

물론 대부분은 절필을 선언했지만 말이야.

아서 코난 도일은 정말 아쉽다는 듯 말했다.

하긴, 쥐어 짜내듯 짜낸 놈들이 문제지 작가들 개개인은 어느 정도 재능이 있어 보이는 양반들이 있었으니까.

하지만 어쩔 수 없었다. 너무 쥐어짜인 나머지 트라우마가 생긴 지망생들은 결국 깨진 꿈을 깨닫고 고향으로 돌아가거나, 아니면 조용히 학업을 계속하겠다고 한 것이다.

그런데.

"아직 글을 쓰고 싶다는 사람 중에, 자네를 만나 보고 싶다고 요청한 사람들이 있네."

"저를요?"

잠깐 의아해했지만 그럴 수밖에 없을 거라곤 생각했다.

나도 데뷔하기 전엔 한창 현역으로 활동했던 장르문학 작가들을 동경했으니까.

그러니 이번 고학생들도 크게 다르지 않을 거란 생각은 있다. 있지만.

"괜찮을까요? 제가 만나도."

"페이비언 협회 쪽에서도 일하고 있는 에디스 네스빗(Edith Nesbit) 여사가 미리 그들을 만나 봤네. 다행히 문제 있을 자들은 아니라더군."

에디스 네스빗이라…… 이건 또 레전드가 툭툭 튀어나온다. 나는 고개를 끄덕이며 물었다.

"혹시 이름을 들을 수 있을까요?"

"물론일세. 보자, 그러니까―."

그리고 그 이름들을 듣자, 나는 경악하며 당장 작가 연맹으로 뛰어갈 수밖에 없었다.

그럴 수밖에 없는 게.

"처음 뵙겠습니다. 루이샴 콜프 스쿨의 데이비드 린지(David Lindsay)입니다."

"스탠다드 석유 런던 사무소에서 일했던 월터 존 드 라 메어(Walter John de la Mare)라고 합니다…… 잘렸지만요. 하하."

신화학자 겸 SF의 거장, 데이비드 린지.

초현실주의 시인이자 소설가, 월터 드 라 메어.

물론 이 둘도 충분히 네임드는 네임드다.

하지만 바로 뒤에 붙어 있던 대학생에 비하면, 둘은 마치 보름달 앞의 반딧불이라고밖에 볼 수 없었다.

"세인트 토마스 의과 대학에서 배우고 있던 윌리엄 서머싯 몸(William Somerset Maugham)이라고 합니다."

문학의 미래 〈145〉

떴다.
SSR급 유망주다.

* * *

문학. 아니지, 예술의 역사 이래 작품성과 상업성은 언제나 동전의 양면 같은 것이었다.

어느 한쪽도 없어선 안 된다.

하지만 어느 쪽을 중시해야 하는가? 라는 주제를 던지면 언제나 불판이 열리고 메시지가 300+가 되며 자연스럽게 인신공격을 하게 된다.

그만큼 답이 없는 주제란 뜻이다.

하지만 거기에 간혹. 백마 탄 초인들이 나타나 '그냥 둘 다 잡으면 되지.' 라든지, '이렇게 하면 됩니다. 참 쉽죠?' 같은 소리를 하며 자연스럽게 둘 다 잡아 버리는 괴랄한 짓을 하며 업계 평균을 높여 버리는 짓거리를 하기도 한다.

그리고 그 백마 탄 초인의 대명사 중 한 명인, 영국 전간기 문학의 거장이자 1930년대에 세계에서 제일 잘 팔린 작가, 윌리엄 서머싯 몸은.

"어떻게 해야 글만 팔아먹어도 잘 먹고 잘살 수 있나요?"

"위, 윌리엄!"

"야, 너 말 좀!"

어…… 좀 많이 삐딱했다.

나와 아서 코난 도일이 얼빠져 있는 와중에도 아직 사춘기(아님)인 윌리엄 서머싯 몸은 계속해서 입을 놀렸다.

"아, 뭐! 어차피 다들 여기 그러려고 남은 거 아냐! 돈 벌고 싶어서!"

"그, 그건 그렇긴 한데!"

"그래도 인마, 선생님들한테 좀!"

흐음, 솔직히 왜 저러는지는 대충 알 거 같다.

미래에는 나름 이름을 날린다는 대작가들이라지만, 아직은 젊디젊고 이제야 사회를 막 겪기 시작한 청년들.

심지어 이번에 있던 일 때문일까? 이리저리 눈치를 보는 게 자존감도 살짝 꺾인 것처럼 보인다.

우여곡절이 많긴 했으니까.

그런 와중에서도 윌리엄 서머싯 몸은…… 고개를 빳빳하게 든 채 제 의견을 확고하게 말하는 게, 제법 터프해 보인다.

하긴, 왕년엔 '제 영혼을 위해선 하루에 두 가지 정도는 싫은 일을 하는 것이 좋다.'고까지 말하던 사람이었으니 어련하려나.

하지만.

"눈이 자꾸 흔들리는 게 꽤 정서적인 불안감이 있는 모양이군."

"어렸을 때 조실부모하고, 삼촌 집에서 얹혀살았다고 합니다."

"저런."

그래 봐야 새내기인 건 매한가지지. 아무튼, 질문의 경위는 대충 예상이 간다.

결국 윌리엄 서머싯 몸의 목적은, 정 안 붙는 삼촌 밑에서 자라는 것보다, 빠르게 성공하여 독립하는 것. 그리고 그 독립을 위한 '금전적 성공'이다. 런던 땅값 장난 아니니까.

그리고 지금 영국에서 이 목적에 제일 가까운 작가라면…… 당연히 나와 아서 코난 도일이다.

어라? 그런데 둘 모두가 눈앞에 있네? 안 물어보고 못 배긴다…… 대충 그런 거겠지.

뭐, 말 못 해 줄 내용도 아니다.

"돈이 목적인 건 나쁘지 않지요."

내가 담담하게, 동시에 목소리를 조금 높여 말했다.

그러자 두 새내기 작가들이 서머싯 몸을 말리는 것을 멈추었고, 나는 조용해진 그들에게 말했다.

"어쨌든 거, 사람은 먹고살아야 하는 생물 아닙니까."

"하지만 작가님, 작가라면 역사에 길이 남을 만한 작품을 써야 하는 거 아닙니까?"

"뭐, 그런 사람도 있겠죠."

나는 피식 웃으면서 잠시 아서 코난 도일을 보았다.

이 양반도 원래 그런 거 쓰고 싶다고 하던 사람이었지. 본인도 눈치가 보이는지 슬쩍 눈을 돌렸다.

"하지만, 당장은 현실이 중요하지 않겠습니까."

"현실이요……."

"데이비드 린지 씨. 역사에 남는 글을 쓰면 후세 사람들의 입에 린지 씨의 이름이 오르내릴 겁니다. 하지만 그렇다고 현실을 외면하면, 당신의 가족들이 당신의 이름을 말해 주지 않아요."

어느 쪽을 고르든 그건 당신 자유겠지만.

나는 그렇게 말하며 어깨를 으쓱였다.

사실 어느 한쪽이 틀린 것은 아니지. 선택하기 나름일 뿐.

그리고 데이비드 린지는 그런 나의 말이 자못 충격이었는지 입을 다물었다.

대신 옆에 있던 월터는 고개를 끄덕이는 게 나름 이해하는 눈치다.

하긴, 글을 쓰고 싶었는데 가족을 부양하기 위해 석유 회사 들어갔다고 하니까. 아니, 지금은 잘렸다고 했던가?

그리고.

"전 그런 건 어찌 됐든 관심 없습니다."

우리의 반항아, 서머싯 몸은 당당하게 '니들이 뭐라든 난 내가 하고 싶은 얘기 한다'라는 태도였다.

문학의 미래 〈149〉

"그러니 작가님, 말씀해 주세요. 어떻게 해야 잘 팔리는 글을 쓸 수 있습니까?"

"일단, 서머싯 몸 씨?"

난 몇 번 말해도 참 해괴한 그의 이름을 불렀다.

"일단 세 가지, 말씀드릴 게 있습니다."

"무엇입니까?"

"저희는 뭐가 잘 팔리는 글인지 모릅니다."

나는 담담하게 말했다. 아서 코난 도일 역시 나직이 고개를 끄덕였다.

미래의 문호들, 하지만 지금은 그냥 애송이들일 뿐인 세 사람은 멍하니 우리를 보았다.

"어…… 그게 말이 되나요?"

"되죠."

난 빙긋 미소를 지어 보였다. 그러곤 바로 옆을 가리켰다.

"우선 여기. 아서 코난 도일 선생님은 그냥 자기가 쓰고 싶은 거 쓰시는 분입니다. 맞죠?"

"뭐, 틀리진 않네."

아서 코난 도일은 고개를 끄덕였다.

그런 사람이 아니면 쓰기 싫어졌다는 이유만으로 셜록 홈스를 접을 리가.

게다가 이후 냈던 역사 소설들, 깡그리 다 망했었잖아?

잘 팔리는 글을 알면 그렇게 됐겠어? 무엇보다.

"자신의 글이 잘 팔릴 걸 알 수 있으면 그건 신이죠."
너무 오만한 말이다.
제아무리 잘 쓰는 사람이라도 그런 말을 함부로 할 수는 없을 거다. 그게 가능하다면 그것은 정말 신내림을 받았을 정도의 재능이나, 아니면 그렇다 믿는 사기꾼이겠지.
그러니.
"제가 쓰는 건, '대중이 읽고 싶어 할 법한 것'입니다."
"······그게 그거 아닙니까?"
"아니요, 명백한 차이가 있죠."
성공에는 두 가지 방식이 있다.
'니들 픽은 시시해! 닥치고 내 글을 읽어!!'라면서 자신만의 스타일을 고집하는데, 그게 딱 맞아떨어지며 시대를 선도하는 스타일.
클리셰와 구조, 그리고 밈을 공부한 뒤, 대중이 원하는 걸 철저히 연구하고 분석해서 내놓는 스타일.
나? 당연히 후자다.
지금 세간에서는 전자라는 평이 있는 거 같지만······ 그냥 19세기에 없는 현대의 클리셰를 알기 쉽게 섞어 먹였을 뿐이지. 현대였다면 이 정도까진 성공하지 않는다.
양쪽 모두 어려운 길이고, 양쪽 모두 옳다.
다만 목적이 '금전적 성공'이라면 어쩔 수 없이 후자가 더 가깝다. 이건 어쩔 수 없다. 아까도 말했듯 '상업성'이 대중문학의 특징이고, 21세기가 대중의 시대이니까.

하지만 지금은 아직 '대중'이라는 개념이 원숙하지 못한 19세기 말, 그리고 20세기 초.

독자들도 자신의 취향을 잘 모르기에 여러 색다른 시도가 먹히기도 하고, 그만큼 선택할 수 있는 폭이 넓기도 하며, 수준 높은 글에 대한 동경도 여전히 남아 있다.

그 일례로 제임스 조이스를 봐라. 불후의 명작인 〈율리시스〉, 그거 완독한 사람이 있으면 내가 큰절이 뭐야, 그 랜절도 올리면서 경의를 표할 수 있다.

해석하는데 논문이 필요할 정도로 어렵고 빡센 글이지만, 꾸준히 사람을 끌어들이는 묘한 매력을 가지고 있잖나.

"둘째, 제가 있던 나라에 진인사대천명, 운칠기삼이라는 말이 있습니다."

이걸 7할의 운이 들어와도, 그걸 잡으려면 기, 즉, 개인의 노력과 기술이 3할 정도는 있어야 한다고 해석할 수 있다. 물론 그것도 틀린 말은 아니다.

하지만 예술업계에선…… 이런 말이 된다.

개인의 노력과 기술이 아무리 뛰어나도, 그게 성공에 미치는 영향은 고작 30%.

나머지 70%는 운빨이라는 거지.

"글을 아무리 잘 써도 묻히는 사람은 묻힙니다. 지금은 돌아가셨지만, 에밀리 브론테 작가님의 〈폭풍의 언덕(Wuthering Heights)〉 아시죠?"

"예. 개인적으로도 무척 좋아하는 글입니다."
"예? 에…… 전혀요."
"그런 글도 있나요?"

서머싯 몸은 당황하여 데이비드 린지와 월터 드 라 메어를 보았다.

아니, 대체 어떻게 너희들은 작가 지망생이면서 그 명작을 모를 수가 있냐! 라는 듯한 눈이다.

하지만 뭐…… 어쩔 수 없지. 이 책은 20세기에나 와서 재평가되는 글이니까. 그것도 다름 아닌 눈앞의 서머싯 몸에 의해서.

"뭐, 이런 겁니다."

나는 어깨를 으쓱이며 말했다.

양질의 상품이 반드시 인정받는다는 건, 흔한 이상주의자들이나 운 좋게 자수성가한 사람들의 착각이다.

거 왜, 근육진 터미네이터 주지사님도 말씀하셨잖나, 자긴 자수성가를 믿지 않으며 자신의 성공에는 다른 주변 사람들의 헌신과 노력, 그리고 믿음이 있었다고.

"대부분의 경우, 특히 예술 작품은 아무리 좋은 것이라도 효과적인 어필이 동반되지 않으면 인정받지 못합니다."
"……그래서 그런 광고를 내보내신 겁니까?"
"광고요? 아, 그……."

나는 떨떠름하게 고개를 끄덕였다.

이건 내가 한 건 아니고 벤틀리 출판사의 초창기 광고

였는데, 〈신비의 요정(소설), 마침내 발간!〉이라든가, 〈전설 속의 요정(소설)을 당신의 눈으로 확인하라!〉 같은 과대광고로 낙인찍혀도 할 말 없는 광고를 줄줄이 내보낸 적이 있었지.

그리고 전에 말했듯, 그 당시의 영국은 요정에 목말라 있던 상태.

그 광고가 자연스럽게 녹아들고, 재밌다는 평가가 퍼져 나가면서, 내 초창기의 〈피터 페리〉 인기는 완성이 된 것이다.

"예, 뭐. 그것도 방법이긴 하지요. 제가 있던 나라에선 '일단 유명해져라. 그러면 똥을 싸도 사람들이 박수를 칠 것이다'라는 말도 있었고……."

"과연, 그렇군요……."

서머싯 몸은 고개를 끄덕이며 잠시 고개를 숙였다.

으음. 이 모습을 보니 뭔가 내가 괴벨스 같은 걸 키워내는 거 아닌가, 하는 생각이 드는데?

아닌 게 아니라 서머싯 몸은 나중에 데뷔하고 나서 글이 안 팔리자, 제가 부자인 것처럼 속이고 신문에 '거 뭐냐, 서머싯 몸이란 작가 글에 나온 것 같은 미녀 어디 없냐?' 같은 요상한 광고를 내서 자기 책을 매진시킨 이력도 있으니까.

"물론 그렇다고 글 자체에 나름의 매력이 없어선 안 됩니다."

그래서 나는 다급히 덧붙였다.

이건 다시 운칠기삼으로 돌아간다. 이런 '마케팅'은 어디까지나 '운칠'에 들어가는 영역이니까. '기삼', 즉, 글 자체가 좋지 않으면 결과적으로 성공할 수 없다.

"매력이라는 게 굳이 작품성이란 얘긴 아닙니다. 상업성, 대중성. '작품'으로서의 매력이라면 모를까 '상품'으로서의 매력 역시 갖추어야 하는 거죠."

"그럼 작가님, 그 상품으로서의 매력이란 건 어떻게 하면 갖출 수 있습니까?"

"그게 세 번째입니다."

아주 똘똘한 질문이다. 데이비드 린지에게 10점 추가.

"매력이라는 건, 결국 책을 읽는 이유입니다."

"이유요."

"예. 그러니 결국 그걸 알려면, 최대한 책을 많이 읽고, 분석하고…… 무엇보다, 많이 써 보는 수밖에 없습니다."

아서 코난 도일이 옆에서 고개를 끄덕였다. 말했듯, 이 양반은 정말 어마어마한 다독가니까.

나도 마찬가지다. 고전 문학, 순수문학, 장르문학, 현대 웹소설. 전부는 아니더라도, 도서량에 대해서는 어디 가서 빠지지 않는다 자부한다.

물론 이걸 읽는다고 전부가 아니다.

이것을 자기류(自己流)로 녹이고 체화시키는 것도 필요하다. 이해 - 분해 - 재구축이 연금술에만 있는 게 아니다.

문학의 미래 〈155〉

아쉽다. 현대라면 이 모든 것이 녹아든 메인 컬쳐의 정수, 영화를 보면 될 텐데.

뤼미에르 형제는 뭐 하고 있나? 빨리빨리 영화관 붐을 일으키고 영화 기술을 개발하란 말이다.

뭐, 어쨌든.

"많이 읽고, 스스로 고민해 보세요. 그리고 부딪혀 깨져 보는 겁니다. 안심하세요. 적어도 여기엔 얼마든지 그래 줄 사람들이 많습니다."

그러니까 빨리 무럭무럭 크렴.

나는 이들이 앞으로 선도해 갈, 미래의 대중문학 시장에 기대감을 담으며 웃음을 지었다.

내 말에 뭔가 생각이 있는 듯, 각각 다른 표정으로 골똘히 고민에 담겨 있는 세 사람.

자, 그럼 이제 슬슬 판은 다 깔아 뒀으니······.

"자, 그럼 여러분에게 한 가지 제안을 하고 싶은 게 있는데요. 혹시, 책도 많이 읽으면서 돈도 벌 수 있는 일자리가 필요하지 않으신가요?"

"예? 그런 게 있나요?"

"네, 제가 한번 소개해 드리지요."

자, 알겠죠. 벤틀리 씨?

새 노예들 들어갑니다.

찰스 디킨스 문학상

질투했다.
아니, 정확히 말하면— 했었다.
—선생님, 또 책 써요?
—응? 아, 하하. 그래. 이번엔 될지 모르겠네.
—그거 재미없던데.
—응. 〈피터 페리〉가 더 재밌어.
—그, 그래…….
〈피터 페리〉, 모를 수가 없었다.
학교 교사인 만큼 더더욱 그랬다.
그 이름만 들어도 신물이 올라오고 구역질이 솟았다.
'아무리 아동 소설이라지만, 어떻게 그런 게 그렇게 잘 팔릴 수 있지?'

'출판사는 병신인가? 내 글은 떨어트려 놓고, 저런 허황된 글은 잡지에 올려 주다니!'

'나라면, 더……! 더 유익하고 작품성 높은 글을 쓸 수 있어!!'

그리고 그 질투가 골수에 미쳐, 마침내 정신이 나갔을 때.

그의 습작은 이미 어디론가 사라져 있었다.

―이사벨! 내가 쓰던 원고 혹시 못 봤어?

―무슨 소리야, 오빠? 그거 오빠가 벌써 우체국에 갖다 냈잖아.

―뭐, 뭐!? 그게 무슨 소리야!?

그날, 사촌 남매 겸 신혼부부는 결혼한 지 1년 만에 처음으로 파경(破鏡)을 맞을 뻔했다.

다행히 정말 충격받아 있었다는 걸 이사벨이 이해해 준 덕에 화해했지만.

어쨌든 저쨌든 이것도 저거도 전부 한슬로 진, 그리고 〈피터 페리〉 때문이다. 그렇게 생각하고 원고나 돌려받을 수 있을까 했는데.

―…… 예? 제가 합격이요?

―그래. 자네, 우리 출판사에 투고하지 않았나?

―무, 물론이죠! 맞습니다! 감사합니다, 정말 감사합니다!!

행운이었다.

투고했는지도 아닌지도 몰랐던 글이 붙어 버렸다.

역시 착하게 살면 주님께서 복을 주시는구나, 혹은 이제야 〈피터 페리〉 같은 애들용 동화에나 미쳐 있던 출판사가 진짜 소설이 뭔지 알아보는구나, 했는데.

―열심히 하게. 우리 출판사의 한슬로 진 작가님도 기대가 많아.

―……예? 그게 무슨 말씀이십니까? 한슬로 진 작가…… 님이요?

―응? 아, 그렇지. 실은 자네 글을 픽한 게 나나 우리 출판사 편집자가 아니라 한슬로 진 작가님이야.

세상에 맙소사.

그제야 얼마나 치졸한 투기심을 부리고 있었는지 깨달았다. 한슬로 진, 이 얼마나 복되고 복된 존재신데, 그런 분께 쓸데없는 질투심 따위를 품고 있었다니!

자신이 부끄러워 쥐구멍이라도 찾고 싶었다.

실제로 그가 과거 한슬로 진을 욕했다는 것을 아는 사람이 많은 학교는 미련 없이 나와 버렸다.

어차피 런던에 와서 글을 쓰려면 해야 했던 일이긴 했다.

그리하여 3년.

경애하는 한슬로 진의 뒤를 따라, 소설을 연재했다. 꾸준히 연재하고, 독특한 세계관을 설파한 덕에 어느 정도 팬도 생겼다.

지금은 어엿한 중견 작가라고 말할 수 있었지만, 그의 마음에는 여전히 불안감, 혹은 불만족한 무언가가 가득했다.

—아직도 한슬로 진 작가님을 만나 뵐 수 없는 건가요?
—네. 그렇습니다.

어째서, 어째서 그에게 구원을 준 은사를 뵙지 못한다는 것인가. 대체 그가 뭐가 부족해서.

—혹시나 해서 여쭙겠습니다만, 작가님. 혹시 아직도 그…… 인종에 대한 생각은 여전하십니까?
—예? 물론이죠. 유색인종은 열등합니다. 백인에게 나쁜 영향을 끼치기 전에 다 죽여야죠.
—아…… 그렇군요. 알겠습니다.
—그러잖아도 이 출판사에 아시안 한 마리가 어슬렁거리던데, 무슨 일이 생기기 전에 격리해야…….
—일단 돌아가 계십시오. 그러면 저희가 나중에 연락을 드리겠습니다.
—아, 알겠습니다.

대체 왜 이런 의미 없는 문답을 했는지도 잘 모르겠다.

어쩌면 그 존경스러운 한슬로 진 작가님을 맨 처음 발굴한 출판사인 만큼, 무언가 특별한 조건이 필요했던 것일 수도 있지.

그렇게 생각하며 어떻게든, 경애하기에 마땅한 은사(제멋대로)를 만나 뵙기 위해 필사의 노력을 했던 어느 날.

"으아아아!!"

"속였구나, 속였구나 한슬로 진!!"

"자, 신입들. 그쪽 끝났으면 이쪽 투고작들도 읽어 봐 줘."

"눈!! 눈 썩어요!!"

여느 때와는 달리 처음 보는 직원 셋이 있었다.

요즘 벤틀리와 아들 출판사의 확장세가 만만치 않기에 그 사실 자체는 크게 신기할 것도 아니었다.

하지만, 그 신입 직원들의 정체가…….

"예? 이번 그…… 저급 펄프지 사태의 피해자들이라고요?"

"아, 예. 그때 피해 입은 애들이라고 하더라고요. 이제 막 대학생, 아 한 명은 사회인이긴 한데, 하여튼 참 큰일이었죠."

"아니, 아니아니 그보다…… 입사 동기가."

"예, 한슬로 진 작가님의 추천으로 들어왔다고 하더라고요. 그것도 꼭 투고 쪽 파트로 보내 달라고 하셔서 당분간은 그쪽에서 근무할 거 같네요."

"그럴 수가!"

이런, 한슬로 진…… 그는 도대체…….

"또다시, 또다시 저와 같은 문학계의 새싹들을 구하신 거군요."

"아, 예…… 뭐 그러겠죠?"

"아아, 신이시여."

사실 그를 만나지 못하는 것은 신이기 때문이 아닐까? 존재하지만 보지 못하는…….

그렇게 허버트 조지 웰스의 고뇌는 더욱 깊어만 갔다.

물론.

"으아아아앍!!"

"제기랄, 내가 그 똥통에서 쓴 게 이것보단 재밌겠다!"

"한슬로 진, 저주한다!!"

강제로 지옥 수련에 들어가 있던 세 명의 후기지수는, 그저 고통에 몸부림칠 뿐이었지만.

"아, 요건 좀 재밌다."

"내놔, 개자식아!!"

"치사하게 너만 보냐!!"

아무튼.

꿈나무들은 무럭무럭 크고 있다.

* * *

"그러니까, 그 말씀하신 공모전이라는 게…… 정기적인 공개 콘테스트(Contest) 말씀이시군요."

"예, 슬슬 그런 게 필요하다고 생각해서 말입니다."

나는 작가 연맹 대표로서 아서 코난 도일, 그리고 벤틀리 출판사 사장 리처드 벤틀리 주니어. 그리고 마지막으로 우리의 믿음직한 잡지왕, 조지 눈스사 사장 조지 눈스 씨를 둘러보며 프레젠테이션을 하고 있었다.

"방법은 간단합니다. 매년 언제마다 잡지사 주관으로 새 작품을 공모(公募)하는 거죠."

"굳이 그럴 필요가 있나? 지금 잡지사가 작가를 수급하는 것도 그리 어렵지 않은데."

"뭐, 그렇긴 하지요."

실제로 쌓이는 원고도 꽤 많으니까.

하지만.

"그거 다 돌려막기 아닙니까."

괜히 얘기를 꺼냈던 조지 눈스는 입맛을 다시며 고개를 돌렸다. 내 말이 틀린 게 아니기 때문이다.

이 시기…… 아니지, 현대 인터넷이 발전하기 전까지도 작가 지망생이 신인 작가가 되는 방법은 딱 둘밖에 없었다.

인맥, 그리고 투고다.

물론 자비출판(自備出版)이라는 방식도 있긴 있다.

하지만 생각해 보자, 인쇄 기술이 훨씬 발달한 21세기조차 자비출판이 굉장히 빡센 편이었는데, 아직 기술 개발도 제대로 안 된 19세기 말에? 자비출판?

이제 막 장사 시작하는 사람이 돈은 어디에서 나오며, 그 유통은 어디서 어떻게 뚫으란 말인가? 그냥 동네 서점에 딱 가져다 둔다고 유통이 되는 게 아닌데.

결론은 그야말로 귀족이나 대부호가 취미 삼아 하는 게 아니라면 불가능한 루트라는 소리다.

물론 이전까진 이걸로도 충분히 작가 수급이 되는 편이었다.

왜? 연재잡지의 수 자체가 많지 않았으니까.

하지만 인쇄 기술이 발달하고, 잡지 연재도 우후죽순 튀어나오는 시기가 되었다.

나와 아서 코난 도일이 때려잡은 삼류 저질 불법 출판사도 있긴 했으나, 그것과 별개로 친다 해도 순수히 블루오션일 것 같아서 뛰어든 2류 잡지사도 충분히 있었으니까.

그러니, 작가를 모집할 다른 방법을 모색할 시기가 된 거다.

"그게 공모전이라는 거군."

"백일장(白日場)이라는 방식도 있습니다. 대낮에 한자리에 모여 즉석에서 주제를 통보하고, 그 주제에 맞는 글을 쓰는 거죠. 주로 학생들을 대상으로 펼쳐지곤 했습니다."

"호오. 그건 또 재밌겠군."

아서 코난 도일이 눈을 빛내며 말했다.

나 역시 고개를 끄덕였다. 초등학교 때 논술 수업에서 했을 땐 진짜 재밌었으니까.

물론 순수한 자연의 아름다움도 잊히고, 빛나는 재능도

입시 밑에 묻혀 버린, 그리고 그런 것들에 누구도 신경 쓰지 않는, 순문이 천박한 농담이 된 시대에는 뭐…… 그냥 주작장, 아니면 대필장이 되어 버렸지만.

현장 작성이 원칙인데도, 주제가 빼돌려져서 미리 집에서 작성해 오거나, 부모가 대필해 주는 경우가 많아졌기 때문이다.

아무튼.

"공모전과 백일장. 어느 쪽을 하더라도 기준과 심사과정은 엄격히 해야 합니다."

"흐음, 예를 들어?"

"원고는 철저히 블라인드 심사. 백일장일 경우에는 무조건 제공된 원고지와 만년필을 사용해야 한다는 조건을 붙여야겠죠."

"인력이 아주 많이 필요하겠군요, 작가님."

"물론 그렇죠."

내 경우 친목 카페에서 몇 번 본 기억이 있는데. 아무리 단편제에, 많아 봐야 열 작품 남짓 나올만한 공모전이었는데도 불구하고 진짜 빡셌던 기억이 있다.

아는 사람들이 아는 사람들이라 표절 우려를 제했는데도 그렇게 힘들었지.

"그래서 이렇게 네 사람이 모인 것 아니겠습니까."

나는 히죽 웃으면서 그렇게 말했다.

이 모든 것이 이번에 벌어졌던 사태의 뒤처리를 하기

위해서 모인 만큼, 힘을 합쳐야 한다 생각이 됐거든.
 그래서 나온 결론이 바로 이거.
 심사위원은 작가 연맹에서.
 행사 홍보와 진행은 두 출판사가.
 대신 출판사에서는 작가 연맹에서 출장 나온 위원들에게 소정의 출장비를 제공하고, 출판사에서는 거르고 걸러진 작가들을 통조…… 아니, 계약하는 것이다.
 "어때요? 꽤 해 볼 만한 사업 아닙니까?"
 "흐음. 확실히 꽤 그럴듯하군."
 아서 코난 도일이 고개를 끄덕였다. 눈을 반짝이는 게 확실히 마음에 들었던 듯하다.
 하긴, 말이 작가 연맹이지, 연맹 회비 받기만 하고 막상 하는 일 없이 돈 나갈 일밖에 없었으니 나름대로 부담이 있었을 테니까.
 친목 단체인 것도 좋지만 애초에 목적이 왕립 문학회를 대체하기 위함이었다고 하니까. 대외적인 활동도 어느 정도는 필요했다.
 "흐음! 나도 그렇게 생각하네. 다만, 그냥 아무거나 콘테스트라고 하면 좀 그러니까, 아예 상 이름을 제정해서 권위를 높이는 게 어떤가!"
 "역시 늅스 씨로군요. 좋은 아이디어입니다."
 실제로 공모전이라고 다 같은 공모전이 아니다.
 금전의 문제도 있긴 하지만, 명예도 중요하다. 그래서

문체부 공모전 장관상이 굉장한 영예인 거지.

"그럼 첫 번째 공모전은 무슨 공모전이 좋겠습니까?"

"흐음. 역시 말을 꺼낸 사람이 사람인 만큼 한슬로 진상이 아니겠는가?"

"말이 되는 소리를 하셔요."

어휴, 소름 끼치는 소리하고 계시네.

현역으로 뛰고 있는 사람의 이름으로 상을 제정하면 그 상의 수상자와 수여자가 한 몸으로 묶인다. 어느 쪽도 어마어마한 부담이란 뜻이지.

내가 왜 그런 짓을 해야 해? 누가 공모전에서 수상할 줄 알고.

진심으로 질겁하는 표정을 보자, 조지 뉴스 사장은 푸들푸들 웃는 게 보였다. 끙, 역시 불쾌해.

"그렇다면 어쩔 수 없지. 다른 방안은 없겠는가?"

"흠, 글쎄요······."

조지 왕세손이라도 불러와서 요크 공작 상이라도 만들까? 아냐, 이건 이거대로 왕실 모독죄라고 불려 갈 수 있다.

"여기선 음, 역시······ 하나밖에 없지 않겠습니까?"

"어떤 거요?"

"찰스 디킨즈 문학상(Charles Dickens Prize for Literature)이요."

채용.

대중문학의 개파조사를 기리는 뜻에서, 전혀 부족함이 없는 이름이었다.

이에 조지 뉴스도, 아서 코난 도일도 고개를 끄덕일 수밖에 없었다.

그렇게, 대 장르의 시대가 열렸다.

* * *

〈작가 연맹, '찰스 디킨스 문학상' 제정!〉
〈'벤틀리와 아들' 출판사, 조지 뉴스사를 포함한 5여 개의 출판사가 협력하고 있는 것으로 알려져.〉
〈역대 최고 상금 수여!〉
〈제2의 한슬로 진! 그것은 과연 누가 될 것인가! 당신의 필력을 현직 최고의 연재작가들에게 호소하라!!〉
"때가 왔다!!"
"드디어 핍박과 모멸의 시간에서 벗어날 때다."
"엄마, 저는 소설 작가가 될래요!!"
공모전의 개최가 알려지고.

별 반응이 없던 왕립 문학회의 몰락과는 달리, 새로운 흐름이 안개 낀 도시를 장악했다.

그리고 '문학 뽕'에 런던 시민들은 다시 한번 열광했다.

본래 인맥이라도 없으면 제대로 된 감평조차 받지 못하는 게 일반 시민인데, 제대로 된 심사위원과 상금까지 걸린 공모전이라니.

이렇게 파격적인 대우를 예고한 작가 모집은 이제껏 없었다.

심지어 '블라인드'. 기성작가도, 신인도, 나이조차 가리지 않겠다는 그 문구에는 10대 중후반의 청소년들이 더더욱 열광했다.

슬슬 머리가 굵어가고, 나중에 뭐로 먹고살지, 가 현실적인 고민인 시기.

학생들이 평소 좋아하던 것으로 돈과 영광을 동시에 거머쥘 수 있는 꿈에 올인하겠다는 청운(靑雲)의 객기를 부리는 것도 자연스러운 일이었다.

* * *

그런 학생들이 가장 많은, 하지만 동시에 거기서 제일 거리가 먼 이튼 칼리지.

밀러 가문의 장남, 루이스 몬태규 밀러는 명장(名匠)이 한 땀 한 땀 닦아 만들었을 의자 위에 삐딱하게 다리를 꼬고 앉았다.

그리고 북해 서릿발이 차라리 따사로울 목소리로 말했다.

그 앞에서 꿀꺽 침을 삼키면서 말을 기다리는 사람들. 이내 그 작은 입이 천천히 열리고, 북해 서릿발이 따사롭다 느껴질 정도로 차가운 목소리가 새어 나왔다.

"3점이요."

"그, 그럴 수가! 이번 건 자신작이었는데!!"

"자신작이요?"

몬티가 코웃음을 쳤다. 그리고.

"이런, 게 말입니까?"

"크헉!!"

코웃음을 친 그의 말에 이튼 칼리지의 4학년, 어느 귀족가의 삼남쯤 된다는 소년은, 마치 급소를 찔린 것 같은 과장된 자세로 주저앉았다.

어린 소년들의 세계라지만, 아니 오히려 그렇기에 더더욱. 이곳 이튼 스쿨에 있어 선후배 관계는 까다롭기 그지없었다.

1년이라지만 선배는 선배. 제아무리 지역 유지의 자식이라지만 기껏해야 미국계 상인의 아들인 그로서는 그림자를 밟는 것조차 불경할 정도의 관계인 것이다.

물론.

이곳이 '연극부'가 아니었더라면 말이다.

"기본이 안 되어 있잖습니까, 기본이. 왜 이렇게 대사가 느끼해요? 아니, 느끼한 건 그렇다 칩시다. 하지만 말투부터가 통일이 안 되잖아. 아무리 영어라는 게 성별 구분이 약한 언어라지만 이건 좀 심하잖아요. 이거, 남자 대사예요? 여자 대사예요?"

"그, 그건 고증이야! 왕후면서 알렉산더를 핍박한 올림피아스의 남자다운 성격과 강대한 권력을 드러내기 위한 장치고……!"

"아하, 그러신가요? 근데 그럴 거면 페르디카스랑 밀회하는 장면에서 이거, 이런 식으로 대사를 치면 안 되지. 솔직히 대사만 보면 페르디카스가 만나는 게 올림피아스가 아니라 알렉산더 같잖습니까. 게이 같이 보인다고요."

"크허허헉!!"

촌철살인.

한마디 한마디가 갓 자라는 미래의 극작가 꿈나무의 폐부를 찌른다.

나뭇잎 하나하나 조져 버리겠다는 그 냉정한 평론에, 정통의 이튼 스쿨 연극부는 선배고 후배고 가리지 않고 전율할 수밖에 없었다.

'두렵다……!'

'저 녀석, 그래도 우리 학년에선 그나마 제일 잘 쓰는 편이었는데!'

'과연, 이게 연극부의 사신(The Death)……!'

아직 '엘리트'보다는 '귀족'을 기르는 데에 중점을 두는 이튼 스쿨의 개혁되지 않은 문화상, 이튼 스쿨에서 목에 힘주고 다닐 요소는 크게 셋. 혈통, 나이, 그리고…… 교양 수준이다.

그리고 그 연극부 학생들의 교양 수준에 있어, 루이스 몬태규 밀러를 따라갈 수 있는 학생들은 존재할 수 없었다.

부모에게 물려받은 예술적 감각.

그리고 말 그대로 날 때부터 '그' 한슬로 진에게 보고 배운 문학적 소양.

그리고, '요즘 애들'의 수준에 대한 눈높이를 마구 헝클어트리는 누나 매지와 여동생 메리까지.

어떤 의미로는 이쪽 방면의 영재교육이란 영재교육을 다 받은 거나 다름없으니…….

이러니, 아무리 재능이 있다고 한들 학생에 불과한 이튼 스쿨 연극부가 몬티를 만족시킬 수 있을 리 없었다.

─선배님, 대사가 철학적인 척하는 건 좋은데, 이거 결국 괴테 얘기를 재탕하는 거 아닙니까? 나쁘단 건 아닌데 더 쉬운 것도 아니고, 더 재밌는 것도 아니잖아요. 이럴 거면 그냥 파우스트 올리지, 뭐 하러 이걸 올립니까?

─야, 이거 그래서 절정부에서 힘을 너무 뺀 거 아냐? 감정은 신파극 형식으로 올려놓을 거 다 올려놓고 이래 버리면 스토리가 팍 죽어 버리잖아. 그리고 너무 강한 말을 쓰지 마. 약해 보인다고.

─후배니까 살살 해 주고 싶긴 한데…… 넌 기본부터 다시 배우는 게 좋을 것 같다. 이게 일기장 망상하고 다를 게 뭐냐?

그저 하는 말이 날카로울 뿐이라면 상관없겠으나, 루이스 몬태규 밀러는 무슨 신비한 공부법을 익힌 것인지 공부하는 시간도 길지 않은데 성적도 나쁘지 않다.

'무슨 이상한 노래를 부르면서 외운다는데…… 워낙 이상한 소문이 많으니 정확히 알 수가 있어야지.'

게다가 대체 뭘 먹고 컸는지 키도 훤칠하고 운동도 그냥 원래 잘하여 보는 사람을 주눅 들게 만든다.

그나마 틈이 있다면야 연극부에서 보이는 연기력이 아직 약간 다듬어야 할 부분이 있다는 거 정도? 하지만 그것조차 학생 레벨에서는 충분히 주연급이다.

하물며 하는 말이 틀리지도 않으니, 그 혓바닥을 막기엔 중과부적.

루이스 몬태규 밀러가 연극부를 장악하게 되는 것도 자연스러운 시대의 흐름이었으리라.

물론, 그 탓에 수많은 극작가 새싹들이 저 미식가의 입맛을 맞추지 못하고 멘탈이 추풍낙엽처럼 흩어져 버렸지만 말이다.

그리하여 붙은 별명이 연극부의 사신.

애거사 크리스티를 낳은 혈통이, 한슬로 진의 영재교육과 만나 개화시킨 이름 없는 괴물이었다.

"밀러, 있나?"

"선배님 오셨슴까!!"

그때 연극부 부실의 문이 열리고, 부장이자 최고 학년

인 에드워드가 들어왔다.
 고개를 끄덕여 자신에게 인사하는 부원들에게 화답해 준 에드워드는 루이스 몬태규 밀러를 보며 말했다.
 "예, 선배님. 부르셨습니까."
 "어. 음······."
 오늘도 양학 중인가······.
 에드워드는 헛웃음을 지으며 잠시 고개를 저었다. 하여간 저 악마의 주둥아리를 어찌해야 할지.
 "잠깐 얘기 좀 하자. 따라와."
 "예."
 "히, 히익."
 학교라는 모형 정원에서, 나이는 그 자체로 권력이고 힘이다.
 성적이 아무리 높아도 그것은 변하지 않는다.
 그렇기에 최고 학년인 에드워드가 '따라와'라는 것에는 자연스럽게 그 앞에 (옥상으로)라는 괄호가 붙는 것처럼 느껴진다.
 하지만 그럼에도 루이스 몬태규 밀러는 자연스럽게 에드워드의 뒤에 따라붙었다.
 그야 그렇게.
 "여, 여기."
 "흐음. 이번 신작입니까?"
 "그래."

"흠……."

그래 봐야, 그 또한 결국 몬티의 첨삭을 원하는 불쌍한 어린 양에 불과하니까.

이러니저러니 독설로 유명하다고는 해도 이곳, 이튼 칼리지에서 작품의 문제점을 가장 정확하게 판단할 수 있는 것은 몬티밖에 없었기 때문이다. 그래, 담당 교수를 포함하고도 말이다.

그렇게 잠시 동안 펄럭이며 원고지가 넘어가는 소리가 들려오고.

긴장감 넘치는 침묵이 있던 뒤에, 탁하는 소리와 함께 루이스 몬태규 밀러가 한숨을 쉬었다.

에드워드는 결과를 기다리는 피고인의 심정으로 그의 말을 기다렸다.

그리고.

"이번 건 좋네요."

"그, 그래?"

"네. 딱히 모난 데는 보이지 않아요. 이 정도면 충분히 흡입력도 있고요."

합격점입니다.

몬티가 고개를 끄덕이며 그렇게 말하자, 에드워드는 깊은 안도와 함께 머리를 감싸 쥐었다.

진짜 힘들었다는 것이 절절히 느껴진다. 몬티는 그런 그의 목표를 알고 있었기에, 빙긋 미소를 지으며 물었다.

"그래서 선배님, 이제 정말로 결심하신 거예요?"

"그래. 이젠 잡지사에 내 볼 생각이다."

몬티는 고개를 끄덕였다.

사실 그도 익숙해졌기 때문에 이런 여상한 반응인 거지, 일반적인 기준으로는 굉장히 충격적인 이야기였다.

아무리 이튼 스쿨에서 연극부를 한다지만, 전업 문필가로 가는 경우는 별로 없다.

그런데 아무리 아일랜드 남작 가문이라지만, 가문의 후계자인 에드워드가 진지하게…… 그것도, 무려 '잡지 연재 작가'를 꿈꾸다니.

이건 마치 귀족 출신이 평민과 결혼하겠다는 것과 비슷한 이야기다.

그것도 별로 가난한 것도 아닌 사람이.

물론.

―으, 으아아악! 피, 〈피터 페리〉가 완결이라니! 이런, 이런 말도 안 돼!!

―뭐? 그런 게 무슨 문학이냐고? 멍청아!! 힘들고 삭막한 건 현실만으로 충분해! 나한텐 이런 잠시 쉬어 갈만한 망상이 필요한 거란 말이다!

―이번 연극은 조지 맥도널드의 〈공주와 고블린〉을 올린다. 뭐? 안 읽어 봤어? 이런 불쌍한 인생을 봤나!! 잘 들어! 환상 문학이란 건 말이다!!

무게만 잡는 겉모습과는 달리 엄청난 한슬리언이며, 평

소에도 그 곰 같은 체구로 동화책을 탐닉하던 모습들을 보면, 또 나름 어느 정도는 어울리는 것 같단 생각도 없잖아 들긴 했다.

"그, 작가 연맹에서 공모전?이란 걸 한다더라. 거기 내 볼 생각이야."

"좋은 생각이네요."

"만약 거기서도 떨어지면, 원래 계획대로 샌드허스트를 생각해 볼 수밖에 없지만……."

몬티는 잠시 입을 다물었다.

최고 학년이란 말은 곧, 졸업예정자란 뜻이기도 했다.

연극부 부장, 에드워드와 이튼 스쿨에서 볼 날은 몇 달 남지 않은 것이다.

"샌드허스트라……."

"넌 생각 있냐?"

"예."

몬티는 묵묵히 고개를 끄덕였다. 어차피 전쟁도 별로 없는 시기 아닌가, 그리고 이곳은 세계에서 제일 강한 나라 대영 제국이고.

그런 나라에서 장교가 되면, 그리고 혹시나 군공을 세운다면…… 정치권에 입성하기도 쉽겠지.

'만약 그럴 수만 있다면.'

뜯어고칠 가능성이 높아진다.

이 부조리하기 짝이 없는 제국을.

그렇게 생각하는 몬티의 등을, 에드워드가 두드렸다.
"그래, 너라면 잘 할 수 있을 거다."
"감사합니다, 선배님."
"그러려면 실적이 필요할 텐데, 뭐 생각해 둔 거 있냐?"
"글쎄요. 성적은 이미 충분할 텐데."
"그건 그렇지. 다만 좋은 게 하나 필요할 텐데……."
씨익, 하고 에드워드는 웃었다.
"이튼 스쿨 연극부 부장. 어떠냐."
"……예? 3학년인 제가요?"
"반대로 생각해 봐, 인마."
에드워드는 쓴웃음을 지으며 몬티를 보았다.
"대체 널 두고 부장을 하라면, 어느 4학년이 그걸 받아들이겠냐?"
"……음."
"그냥 닥치고 받아들여. 네 업보다."
"사람을 무슨 학살마처럼."
그래도, 꽤 기꺼운 이야기이긴 했다. 어쨌든 이튼 스쿨에서 전통과 명예를 자랑하는 연극부 부장이란 이력이 있다면, 어딜 가든 자랑할 만한 스펙일 테니.
"좋아, 그러면 이거 하나 받아라."
"됐네요."
에드워드는 고개를 끄덕이는 승낙하는 루이스에게 품에서 담배를 꺼내 내밀었다.

부장들의 특권이었으나, 이상할 정도로 담배를 싫어하는 루이스는 에드워드가 담배에 불을 붙이는 걸 피해 멀찍이 도망쳤다.

이럴 때를 보면 정말 귀여운 후배란 말이지.

에드워드는 낄낄거리면서 생각했다.

만약 저 녀석이 올 걸 기다린다고 생각한다면, 샌드허스트라도 나쁘지 않을 거라고 생각이 들 정도로.

그렇게, 에드워드 존 모턴 드랙스 플런켓(Edward John Moreton Drax Plunkett)— 18대 던세이니 남작(18th Baron of Dunsany)으로 내정된 남자는 이튼 스쿨의 하늘을 향해 담배 연기를 뿜어냈다.

X선

 작가 연맹에서 만든 공모전은 그렇게 수많은 젊은이 마음에 불을 지폈다.
 그럴 수밖에 없었다. 새롭게 생긴 사다리를 환영하지 않을 사람은 없을 테니까.
 그리고 이것은 비교적 보수적인 입장을 가진 샌드허스트에서도 마찬가지였다.
 특히나.
 "끄아아아악!! 떠올라라, 떠올라아아앗······!!"
 마치 산모가 아이를 낳는 듯한, 고통에 찌든 목소리가 기병과 생도— 처칠의 목에서 흘러나왔다.
 "크아아앗!!"
 꼴깍, 꼴깍.

몰래 숨겨 둔 힙플라스크를 꺼내 기울이고, 아니 그것으로도 모자라 아예 병나발을 불며 위스키를 빨아들인다.

하지만 이래도 속이 안 풀린다.

무언가가 콱 틀어막은 듯, 그의 상념이 자꾸 풀리지 않고 있던 것이다.

"대체, 대체 어떻게 해야 한슬로 진 같은 글을 쓸 수 있는 거지?!"

그의 주변에 나뒹굴고 있는 것은, 그렇게 쓰이는 것이 아까울 정도로 수많은 최고급 종이들.

그리고 그 위에 아낌없이 쓰였으나, 미진할 뿐인 글만이 만들어져, 결국 그 산부(産父)의 손에 의해 버려진 장구한 문장들 뿐이었다.

―먼 옛날 알비온(Albion) 땅에 내려온 천족과 마족이······.

―좆됐다. / 다시 한번 말한다. / 나는 좆됐다······

―"모르는 천장이다."/ 소년은 멍하니 처음 보는 화려한 샹들리에가 달린······.

"으아아아아!!"

윈스턴 처칠은 벌써 열세 번째 쓰던 원고를 갈기갈기 찢으며 절규했다.

이건 아니다.

이래서는, 도저히 '제2의 한슬로 진'이라는 문구가 걸린 광고에 걸맞은 원고라고 할 수가 없다.

기묘하게도, 그가 손을 댈수록 문장이 딱딱하게 굳어질 뿐이었으니까.

만약 이곳에 없는 한슬로 진이 봤다면 '와, 이게 무슨 흔종이지? 중2병 학습서 같은 건가?'라고 말했음이 분명한 문장이었다.

처칠 자신이 가장 멋있다 생각한 그 느낌을 살리고 싶었으나, 그는 어째서 글을 쓰면 쓸수록 멀어져만 가는 것인지 이해할 수 없었다.

'역시 빈센트가 말한 것처럼, 동경은 이해로부터 가장 먼 감정인 건가……'

전혀 상관없는 이야기긴 했지만. 지금 그는, 도대체 어떻게 하면 한슬로 진처럼 간결하면서도 내용을 꽉 눌러 담고, 위트와 유머가 한데 묶인 글을 쓸 수 있는가—로 머리가 꽉 차 있었기에 거기까지 생각할 수는 없었다.

'그런 글을 쓰려면, 지금까지 내가 알던 개념과는 전혀 다른 개념으로 글을 써야 한다.'

아무리 입에서는 위스키 냄새가 풀풀 나고 있다고 해도, 그 눈은 더없이 냉철했다.

먼 미래, 자필 회고록으로 노벨 문학상을 타게 되는 문학적 재능은 하늘에서 떨어진 것이 아니다.

그도 나름대로 예술적 소양이 충분했고, 특히 문법과 연설문에 있어서는 거의 통달해 있다고 자신할 수 있었다.

실제로 웅변대회에서 여러 번 우승도 해 봤던 그가 아닌가.

'문학은 자생(自生)의 결정체다.'

점묘법의 쇠라처럼, 회화의 사조(思潮)는 재능에 따라 하늘에서 갑자기 뚝 떨어지기도 한다.

하지만 문학사조는 그렇지 않다.

시는 가끔 그런 파천황이 나올 수 있다. 단편 소설 작가도, 아주아주 드물긴 하지만 그럴 수 있다.

하지만 장편소설은 그럴 수 없다.

수십만 장, 수천만 개의 문단, 수억 개나 되는 단어.

그 천문학적인 분량을 채워 넣으려면, 작가가 하고 싶었던 이야기, 작가가 경험한 이야기, 작가가 배운 이야기를 응축하고 욱여넣어야만 하기 때문이다.

작가는 문화생산자인 동시에 소비자이며, 좋든 싫든 자기가 보고 배운 것, 경험한 것을 문학에 녹여내는 것이다.

가령 최근 인기를 끌고 있는 허버트 조지 웰스를 보자.

윈스턴 처칠은 〈템플 바〉를 볼 때 겸사겸사 읽었던 그의 〈타임머신〉을 보며 한눈에 그가 격렬한 진화론자이자 계몽주의자라는 것을 알 수 있었다.

그의 글에서 그런 '호소'가 묻어 나왔기 때문이다.

물론 알아채지 못하는 사람도 있을지 모르겠지, 하지만 최소한 처칠에겐 이를 확인할 수 있을 정도의 충분한 역량 있었으니.

하지만 그런 그라 할지라도.

한슬로 진 만큼은 알 수 없었다.

'처음에는 윌리엄 블레이크처럼 압도적인 상상력을 가진 작가라고만 생각했다.'

거기에 조지 맥도날드의 가벼운 모험 서사를 덧붙인, 천재적인 접목가라고 생각한 것이다.

〈빈센트 빌리어스〉도 어느 정도 파격적이긴 했지만, 그럴 수 있는 이야기였다. 어쨌든 상상력보다는 현실성이 더욱 뛰어난 작품이었으니까.

하지만 〈던브링어〉는? 그리고 이번 〈닥터 박사의 기묘한 모험〉은?

문화는 점진적으로 발전한다.

이전 문화가 성공했던, 이미 효과가 검증된 공식을 따른다.

그런데 한슬로 진은, 뭐랄까…….

'그 확실한 방향성이 없어.'

어떤 걸 보면 점진적인 것 같으면서도, 어떤 걸 보면 뭔가…… 수백 걸음은 더 앞을 걷고 있는 전위성(Avant-Garde)이, 기묘하게 공존하고 있다.

마치, 대중이, 그리고 윈스턴 처칠이 모르고 있었던 취향을 후비고 파내어, '자, 너희 사실 이거 좋아했지?'라는 듯이 불쑥 튀어나오는 것이다.

제작자로 파고들다 보니 확실히 알 수 있었다.

이는 분명 이질적이다. 특히나 위에서 좌지우지하는 것이 당연한 삶을 살아온 그로서는, 어찌 보자면 생소하다 못해 거부감이 들어야 정상이다.

그런데…… 맛있어서 놓을 수가 없다.

'도대체 이게 어떻게 가능한 것인가.'

모르겠다. 포기하고 싶다. 그냥 때려치우고 단순한 소비자로 돌아가고 싶다.

하지만 동시에.

이 기묘하기 그지없는 전위성에, 자신도 도달하고 싶다.

한슬로 진이 보고 있는 경치를, 자신도 보고 싶다. 그런 생각이 든 것이다.

윈스턴 처칠은 습관처럼 이를 악물었다.

그럴 때마다 그의 친구들은 얼굴이 불독과 비슷해진다며 핀잔을 주곤 했지만, 그는 그것이 오히려 자랑스러웠다.

불독처럼 물어뜯는 끈기. 그것이 자신의 아이덴티티라고 생각했으니까.

"후우우우…… 그래, 잠시만 쉬었다가 다시 시작하자."

물론, 그 끈기도 역시 잠깐의 환기가 있어야 다시 발휘할 수 있는 법.

처칠은 잡지와 신문을 모아 둔 곳으로 손을 뻗었다.

배고플 때 뭐라도 먹어야 힘이 나듯, 글이 안 풀리면

뭐라도 읽어야 생각이 나지 않겠는가 라는 단순한 생각이었다.

그런데.

"이, 이게 뭐지?!"

그의 눈에 들어온 신문의 한 문장. 그것이 그의 정신을 휘저어 놓았다.

"하, 한슬로 진…… 당신은 도대체……."

그가 지독히도 이해하고 싶었던 그 인물은, 오늘도 끝을 모르는 깊이를 자랑하며 그의 손아귀에서 유유히 빠져나갔다.

* * *

젠장, 실패했다.

나는 헛헛한 웃음을 지었다. 눈앞의 무언가에서 눈을 돌리고 싶었다.

하지만 그럴 수 없다. 이건 내 업보였으니까.

그리고 그런 내 눈앞에는, 나와 비슷한 표정을 짓고 있는 벤틀리 씨와 조지 눕스 씨가…….

"자, 보십시오!"

창고 하나를 가득 채울 정도로 많은 원고를 보며 팔짱을 끼고 있었다.

"등단(登壇)을 원하는 작가 지망생들이 이렇게 많을 줄은 꿈에도 상상을 못 했습니다."

"뭐, 생각해 보면 원래 작가는 되고 싶은데 그러지 못하는 사람들은 많았지."

"네, 이걸 보자니…… 새삼 생각해 보면 저희 출판사들이 기존에 작가를 모집하던 방식이 지나치게 편협했던 건 아닌가, 하는 생각마저 들 정도입니다."

심지어 여기에 있는 건 〈벤틀리와 아들〉, 그리고 〈조지 눞스〉 출판사로 온 것들 뿐이다.

작가 연맹과 제휴를 맺어, 이번 공모전에서 함께하기로 했던 다른 출판사들까지 합하자면 이 둘에 비하진 못할지라도 만만찮은 양이 쌓여 있을 것이 분명했다.

"굉장하네요. 아무리 지금 영국 인구가 많다지만, 이렇게나 많은 원고지가 생산되고 있을 리 없는데."

"그, 작가님. 실은 그게…… 그 투고라는 것이 미국에서도 오고 있습니다……."

"……."

어째서?

속으로 그런 비명을 외치며 마음을 다스렸다.

'그래, 여긴 영국이지…….'

한국과 달리 이 나라의 언어 커뮤니티는 미국과 공유한다. 즉, 광고를 직접 보는 데에 별 무리가 없고, 투고하기도 쉽다는 것이다.

미처 생각하지 못한 맹점이었다.

하물며 인구가 적지도 않다. 대영 제국 전체로 보면 미국이 밀리지만, 그레이트 브리튼과 아일랜드 본토만 따지면 이미 미국이 영국을 초월한 지 오래다.

이러니 이렇게 많을 수밖에 없지. 어쩐지 통관(通官) 도장 찍힌 봉투가 많다 했다.

"그렇다고 버릴 순 없죠."

"예. 지난번 보내 주신 대학생들을 포함해서, 임시로 아르바이트할 사람들을 모아 1차 심사자로 쓰는 방안을 생각하고 있습니다."

"그건 좀…… 거시기하긴 해요."

나는 떨떠름하게 고개를 저었다. 물론 알바생을 쓰면 어느 정도는 일손이 덜어지겠지.

근데 아무래도, 그 대학생들도 사회초년생이고 글을 보는 눈이 있다면 글을 쓰는 능력도 충분히 있을 거란 말이지.

그러니까, 자기가 투고해 놓고 자기가 심사하는 꼬라지를 볼 수도 있다는 거다.

"차라리 주부들을 쓰면 어떨까요?"

"주부들이요?"

"예."

나는 담담히 고개를 끄덕였다. 벤틀리와 눈스, 두 사람도 그건 생각 못했다는 듯 고개를 끄덕였다.

지금은 아직 남성향과 여성향이 나누어지지 않은 시기,

연재소설 잡지의 주요 수요층 중 하나가 바로 주부들이다.
 애는 학교 가고, 남편은 일하러 가고, 집안일은 끝냈는데 집에선 할 게 없던 시기니까. 요즘 드라마 보듯 서적을 소비하는 거다.
 뭐? 사회생활? 맞벌이 부부? 19세기에 그런 게 어디 있어?
 마초이즘은 미국 남부 지방에만 있는 게 아니다.
 영국이 그나마 낫긴 하다지만, 여성 참정권, 여성 노동권이 확보되려면 세계 1차 대전까진 가야 한다.
 이 시대는 아직 서프러제트 운동이 뭔지도 모르더라고.
 그리고 그나마 출판업계는 여류 작가들의 영향으로 여성들의 진입 장벽이 낮은 영역이다.
 실제로 벤틀리 출판사에서 일하고 있는 마리아 편집자도 있고. 그러고 보니 그분도 꽤 오래 본 것 같은데, 성이 뭐더라? 멜? 멀? 뭐시기였던 거 같은데?
 아무튼, 중요한 점은 주부들도 충분히 일할 수 있는 노동력이라는 것이다.
 "하지만 작가님, 그 주부들도 작가가 되고 싶은 사람들이 있지 않겠습니까?"
 "대학생들에 비하면 훨씬 안전할 거라고 봐요."
 나는 담담하게 말했다.
 이건 어느 한쪽이 더 믿음직하고 자시고가 아니라, 그 사람들의 처지에 대한 부분이다.

대학생에게 이번 알바 일이 들어온다고 생각해 보자.

걔들한텐 이게 옵션이다. 선택사항이라는 거고, 잘리고 문제 생겨도 별문제 없단 뜻이지.

하지만 주부들은 다르다. 일할 수 있는 업계가 극히 드물고, 그 드문 업계 중 하나가 출판업계다.

그런 출판업계 파트타임 알바를 하다가 문제를 일으켰다간 뒤가 없어진다. 안 그래도 인맥만으로 돌아가도 이상하지 않았을 정도로 좁은 업계인 만큼 그 부분이 더욱 심할 수밖에.

"흐음. 내 생각엔 썩 나쁘지 않네! 인건비도 대학생들보단 주부들이 싸겠지. 흐흐흐."

내 말에 영국의 강도 귀족, 잡지왕 조지 눈스가 쿠바산 시가를 물며 음침하게 웃음을 지으며 말했다.

으음. 안 그래도 상류층의 트레이드마크인 중절모를 쓰고 있는데 저러니까 딱 고양이라도 쓰다듬으며 앉아 있어야 할 분위기……

하여튼 난 제안을 한 것뿐이니까, 결정은 두 분이 알아서 내리셔야지.

경영은 내 일이 아니다.

그건 그렇고 저 원고의 산속에 정말 보물이 1%라도 있으면 대박인데…….

나는 입맛을 다시며 생각했다.

지금 내가 밀러 씨네 타운하우스 지하창고를 개조해서

쓰고 있는 장서고에 넣어 두고 있는, 이 시대 작가들의 초판본들을 생각하면 정말 군침이 돌 수밖에 없지.

한 수십 년만 지나도 그 장서고의 가치가 천문학적으로 오를 거다.

상상만 해도 기분이 좋군.

그런 부수입을 생각하며 군침을 흘리고 있던 그때.

"핸슬로 진 작가님."

"아, 마리아 씨."

미국식 발음으로 날 부르는 앳된 목소리에, 나는 잠시 고개를 돌렸다.

그곳엔 방금 전에 떠올렸던 벤틀리 출판사의 편집자, 마리아 씨가 나를 보고 있었다.

"잠시, 급히 와 보셔야 할 일이 있습니다."

"무슨 일인데요?"

"그게…… 독일에서 작가님 이름이 적힌 과학 논문이 발표되었습니다."

"……예?"

그건 또 무슨 소리야?

내가 멍하니 얼빠져 있는 사이, 마리아 씨가 내게 어떤 신문 하나를 내밀었다. 나는 그 꼭지만 봐도 무슨 일인지 알 수 있었다.

〈인기 연재 소설 '던브링어!' 작가가 예고한 '투명한 빛'은 실존하는가!〉

〈뢴트겐 박사의 논문에 등장한 한슬로 진! 소설가가 공동 연구자?〉

* * *

런던, 새빌 로(Savile Row).
"어서 오십시오. 에드먼드 에어하트 님."
"오랜만이오, 버질(Virgil)."
양복점의 안내를 맡은 중년인이 빙긋 웃으며 화답했다. 공손히 고개를 숙인 그는 품위 있는 몸짓으로 손짓하며 고개를 숙였다.
"안으로 드시지요."
"예전 같은 불편한 인사는 생략인가?"
"맡고 계신 왼팔만으로 충분한 증거가 되지요."
"편하긴 하군."
에드먼드는 그렇게 말하며 중절모와 외투를 버질에게 맡겼다.
그러자 그 뒤를 따라온 붉은 머리의 수녀는 짙은 궐련 연기를 내뿜으며 헛웃음을 지었다.
"굉장하네, 에드문도(Edmundo). 런던의 골목은 전부 이런 가면을 쓰고 있는 거야?"
"전부는 아니오, 시스터 카르멘(Carmen), 오직 일부만이지."

다만, 이 양복점의 가면이 그중 가장 두껍다는 데에는 에드먼드도 동의했다.

그도 그럴 것이…….

"그래서, 오늘은 무엇을 찾으십니까? 지난번 빌려 드린 카벙클(Carbuncle)의 묘안석(猫眼石)은 잘 쓰셨는지 모르겠군요."

"아주 잘 썼지. 역시 재단의 상품이었소."

"저희의 기쁨입니다(my pleasure)."

재단.

뉴턴을 비롯한 여러 연금술 학회와 마술 협회가 바티칸의 제8 비적회와 제휴하여 런던의 뒷골목에 숨겨 둔, 환상종을 사냥하는 자들을 후원하고 양성하기 위한 비밀기관.

어렸을 적 부모를 잃은 에드먼드를 맡아, 복수자로 길러 낸 곳이기도 했다.

"뒤쪽에 계신 퇴마 수도회(Sisterhood) 분께서도 원하시는 상품을 말씀해 주시지요. 최선을 다해 준비하겠습니다."

"……역시 재단이네. 우리 수도회도 알아?"

"재단은 무엇이든 알고 있다네."

"전부는 아닙니다. 아는 것만 알 뿐이죠."

에드먼드가 너스레를 떨었고, 버질이 능글맞게 화답했다. 그 말에 카르멘은 에드먼드가 어디서 자랐는지 알 것 같다며, 그저 한숨을 쉬었다.

"일단 오늘 준비해 둔 물건들부터 말해 주게."

"알겠습니다. 그러면…… 평소엔 북유럽 제품들을 선호하시는 것은 압니다만, 이번에 들어온 독일의 새 품종은 어떠신가요? 분명 만족하실 수 있을 겁니다."

중후하게 말한 버질이 안쪽에서 장검 한 자루를 꺼내 왔다.

그것을 본 에드먼드는 눈에 이채를 띠었고, 시스터 카르멘은 멍하니 물었다.

"저거, 내가 아는 그건가?"

"아쉽게도, 레플리카입니다. 수녀님."

"물론 파라켈소스의 아조트(AZOTH) 검이라면…… 레플리카로도 굉장한 보물이지."

하지만 내가 원하는 건 아니군.

에드먼드는 고개를 저으며 말했다.

"내가 바라는 건 좀 더 은밀한 것일세, 버질."

"그렇다면 이것은 어떻습니까?"

버질은 탁자 안에서 작은 반지 하나를 꺼냈다. 그리고는 정중하게 시스터 카르멘에게 손을 내밀었다.

"송구합니다, 수녀님. 혹시 손을 잠시 빌릴 수 있겠습니까?"

"끼워 주는 건가? 아쉽게 됐네, 내 순결은 천상의 그분께 바쳤는걸."

고혹적으로 말하며 손을 내미는 카르멘의 모습은, 아무리 봐도 정숙한 수녀의 그것은 아니었다.

버질이 당혹스러워하는 모습을 재밌게 보면서도, 에드먼드는 저 수녀가 스페인에서 가장 많은 이프리트와 지니를 사냥한 마령(evil-spirit) 사냥꾼이라는 사실을 다시 한번 상기했다.

"자, 이러면…… 어떠십니까."

"……세상에."

버질은 차분함을 되찾고, 카르멘의 손 위로 반지를 기울였다.

그리고 그가 반지를 쓱 만지자, 에드먼드는 반지에서 흘러나온 '투명한 빛'이 카르멘의 손을 투과하더니…… 뼈만 남기고 완전히 사라지게 되었다.

아니, 정확히는 뼈만 보이게 된 것이다.

"훌륭하군. 이런 것을 원했네. 이건 어떤 마법이지?"

"하하, 아무리 남작님이라도 정보를 전부 밝힐 수는 없지요—."

마치 마술사처럼 말한 버질은, 카르멘의 손을 놓아준 뒤 상품을 거두며 말했다.

"비추면 육신을 투과하여 볼 수 있는 '투명한 빛'입니다. 원하시는 대로, 은밀한 일에서 놈들을 추적하는 데 도움이 될 겁니다."

"흠, 도플갱어는 골격부터 다르니까. 그리고 듀라한 같은 것들의 의태를 확인하기도 좋겠군."

"바로 그겁니다."

에드먼드는 피식 웃으면서 고개를 끄덕였다.

"이걸로 하지."

"사적인 용도이십니까, 공적인 용도이십니까?"

"물론, 공적인 용도지."

"낮에 이용하실 생각이십니까, 밤에 이용하실 생각이십니까?"

"낮에 한 번, 밤에 한 번."

"알겠습니다. 주문에 맞춰 다시 디자인하지요. 더 필요하신 것이 있으십니까?"

"묵직한 것."

그러면서도 깔끔한 걸로. 에드먼드는 빙긋 웃으면서 말했다. 버질 역시 그 웃음에 화답하며 말했다.

"늘 쓰시던 것이로군요. 알겠습니다. 이탈리아산, 에네르지코(힘찬)한 것으로. 빈틈없이(Tactical) 준비하지요."

즐거운 파티 되시길 빕니다.

* * *

독일, 뷔르츠부르크대학교 물리학부.

"이게…… 이게 도대체 뭐지?"

물리학 교수, 빌헬름 콘라드 뢴트겐(Wilhelm Konrad Röntgen)은 도대체 이해가 가지 않았다.

그는 그저 크룩스관을 이용한 기체의 방전 현상을 연구하는 학자에 불과했다.

그러다 연구 도중, 백금시안화바륨을 바른 마분지가 발광하는 현상이 발생하자, 이를 알아보기 위해 책을 차폐막으로 썼을 뿐이다.

그런데, 책 안에 책갈피로 끼워 놓은 열쇠와 책을 든…… 자신의 손뼈가 투과되어 비치는 것이 아닌가.

'내가 대체 뭘 실수를 했지? 아니면, 내가 미친 건가? 주님께서 내게 백골이 될 거라는 미래를 보여 주신 것인가?'

즉, 자신이 죽는 게 아닌가.

뢴트겐으로서는 그렇게 생각할 수밖에 없었다.

'만약, 만약 그렇다면…… 어떻게 해야 하는 거지?'

알 수 없다. 그는 고작 쉰 살밖에 되지 않았는가.

육체적 전성기는 지난 나이라지만, 학자로서의 전성기는 오히려 10년에서 20년은 족히 남아 있었다.

아깝다. 앞으로 그가 누려야 할 영광, 그리고 가족들과 보내야 할 시간이.

'가족.'

사랑하는 안나에게는 대체 무어라 말해야 하는가? 조세핀을 잘 길러 달라고?

"아아, 이런 제기랄……!"

그는 매우 신중하고 신경증과 강박증이 있다는 평가를 받고 있었고, 스스로도 쓴웃음을 지으면서 그 의견에 동의했다.

이는 신중해야 하는 학자로서는 더없는 칭찬이라 여겼기 때문이다.

하지만 지금은 어쩐지 그냥 대범하게 넘기는 성품도 있어야겠다는 생각이 들고 있었다.

이런 성격이 아니었다면, 일주일 동안 조수들도 다 내보내고 연구소에 처박혀 덜덜 떨면서 혼자 연구를 계속할 일도 없었을 테니까.

마음은 정리가 되지 않았으면서도 쓸데없이 성실한 탓이었다. 그렇게 번뇌와 연구에 휩싸여 있던 어느 날.

"여보, 여기 있어요? 대체 뭘 하느라 일주일 넘게……."

"아, 안나."

부인, 안나 베르타 루트비히 뢴트겐이 걱정스런 얼굴로 연구실로 찾아왔다.

제 사랑스러운 아내를 본 뢴트겐은 수척한 얼굴로 미소를 지으며 그녀에게 말했다.

"마침 잘 됐군. 혹시 이리 와 볼 수 있겠소?"

"예? 무슨 일인데요."

"하하, 어쩌면 내가 세기의 발견을 한 걸지도 몰라……

어쩌면 아닐 수도 있고."

도대체 무슨 말인지.

투덜거리긴 했지만, 안나는 남편의 말을 거부할 수가 없었다. 친아버지의 반대조차 무릅쓰고 가난했던 자신과 결혼해 준 남자를 믿지 않으면 누굴 믿으란 말인가.

"자, 여기. 감광지 위에 손을 올리고……."

"여보, 뭔가 무서운데요."

"괜찮아요. 괜찮아. 자…… 됐다."

그리고, 잠시 후.

"꺄아악!"

뢴트겐은 감광지 위에 찍힌, 자기 아내의 시커먼 손뼈와 끼고 있던 반지가 선명하게 나타난 사진을 보며 뛸 듯이 기뻐했다.

"보시오!! 여보!! 됐어! 나만 그런 게 아니었어! 내가 미친 게 아니었다고!!"

"세상에……."

"하하, 놀랐지요? 미안해요. 사실은 이게……."

"굉장해요! '투명한 빛'이 실존하는 거였군요!"

"……응?"

투명한 빛? 빌헬름 뢴트겐은 의아해하면서 되물었다.

의아해하는 남편에게, 안나 뢴트겐은 고개를 끄덕이며 도시락통을 내밀었다.

"일단, 이거 먹고 있어요. 내가 금방 갖고 올게요."

"응? 으음, 알겠소."

그렇게 말하며 잠시 사라졌던 안나는, 빌헬름이 도시락 속의 샌드위치를 전부 비우고 일주일만의 식사를 마친 뒤에야 돌아왔다.

그리고 그 손에 있는 것은……

"자, 이거요!"

"이건, 소설 아니오……"

독어판, 〈던브링어〉 단행본이었다.

글이라면 논문 읽는 것만이 전부였던 뢴트겐은 이런 걸 굳이? 라고 생각했다. 〈젊은 베르테르의 슬픔〉 같은 필수 교양이라면 모를까, 이건…… 애들 아니면 한량이나 읽는 장르문학 아닌가.

그렇게 떨떠름하고 있는 남편에게, 안나는 싱긋 웃으면서 말했다.

"시끄럽고, 한번 봐요."

"허어, 참……"

여전히 내키지 않는다는 기색의 빌헬름이었지만, 막상 몇 페이지를 읽더니 금세 빠져들기 시작했다.

'과학과 오컬트를 이렇게 잘 융화시키면서도, 과학 쪽에도 충분히 고증했군…… 거참.'

요즘 소설은 이렇게도 나오는 건가? 아니면 이 '한슬로진'이라는 작가가 이렇게 열심히 조사한 것인가.

그렇게 상념 하며 천천히 책을 넘기던 빌헬름 뢴트겐

은, 문득 어느 부분을 보며 눈을 빛냈다.

그것이 다름 아닌, 카르멘과 에드문트(Edmund)가 '투명한 빛'을 쏘는 반지를 받는 장면.

그리고 그 반지로 자신의 쌍둥이 동생임을 호소하며 농락하려던 정체가 도플갱어임을 간파하고, 그 의태를 벗겨 내는 모습이었다.

과학이라기보단 마법의 일종으로 설명되는 반지였지만, 그 반지에 의해 일어난 현상은 틀림없이…… 그가 발견한 기이한 빛이 일으키는 현상과 흡사했다.

"이건…… 이 작가가 미리 알고 있었던 것인가?"

"에이, 그럴 리는 없겠죠?"

"물론, 그렇긴 하겠지만……."

콕 집어서 '금속류에는 통하지 않는, 뼈만 남기고 모두 투과해서 볼 수 있는 빛'이라고 서술한 데다, 함께 실린 아르누보풍의 삽화에까지 자세히 그려진 그 모습은…… 방금, 그가 찍은 사진과 매우 흡사했다.

그저 대충 상상해서 만들었다고 치기엔 너무나 정확하고 자세한 묘사.

만약, 그가 정말로 알고 있었던 것이라면…….

'이건…… 선행 연구 자료로 봐야 하지 않나.'

심지어 이 작품이 나온 일자를 생각해 보면, 누가 봐도 그가 연구하기 이전의 일이었다.

"세상은 넓고 대단한 사람도 많군."

몰랐다면 모를까, 알게 된 이상. 그냥 넘어갈 수 없다.
"고맙소, 여보."
"당신?"
"언제나 당신은 내게 양심의 빛이 나아갈 수 있는 방향을 보여 주는구려."

본디 그는 그간 발명한 것들조차 전부 무료로 풀어 왔던 만큼 한 치의 망설임이 있을 리가 없었다.

애초에 이 현상은 그저 원래 있던 것을 발견했을 뿐 그가 발명한 것도 아니지 않나.

그렇게 십수일 뒤.

빌헬름 뢴트겐이 정리하여 발표한, 〈'투명한 빛'의 실존에 관하여(Über die Existenz des "transparenten Lichts.")〉의 논문에는 다음과 같은 문구가 실리게 되었다.

―이 발견의 영광을 영국의 소설 '던브링어'와 그 작가 한슬로 진에게 바친다. 놀라운 상상력으로 이 빛의 존재를 미리 알린 그는…….

* * *

다시 말하지만, 대영 제국 시민들은 국뽕이 고프다.

"들었나?! 한슬로 진의 이름이 독일 과학 논문에 실렸다는군!"

그래서 처음엔 열광했다. 와! 과학까지 섭렵한 대영 제국의 위대한 작가! 이 국뽕에 누가 설레지 않을 수 없었으나.

"그래?! 그거 굉장하군! 그래서 그 논문이 무슨 논문인데?"

"어…… 글쎄?"

의외로 금방 식었다.

그도 그럴 게, 뢴트겐의 논문은 평범한 중산층, 일반인, 서민들이 이해하기에는 너무 어려웠기 때문이다.

'X선? 그게 뭔데?'

'근육을 통과해서 뼈를 본다고? 에구머니나. 보기 흉해라.'

'그래서 그거 어디다 쓰는데? 설마 소설에서처럼 진짜 괴물을 알아볼 순 있나?'

'이건…… 뭔 준비가 이렇게 많이 필요해? 안 해!'

애초에 이 시대에는 평범하게 살아서 논문에 접한다는 것부터 어려웠으며, 설사 접한다 해도 뭘 어쩔 건가?

수많은 듣도 보도 못한 고유 명사 하며, 논리적으로 비비 꼬아져 있는 내용들. 심지어 이번 논문에서는 내가 제정신인지 모르겠으나…… 같은 문장이 반복되어 있었으며.

그건 어찌어찌 이해했다 쳐도, X선을 발생시키기 위한 크룩스관, 마분지에 바를 바륨 같은 실험 도구들을 구하기엔 공사다망했다.

―그래서, 대충 무슨 내용이라고?

―몰?루

결론은 '아, 이해하려 하지 마. 그냥 느껴 지금을!'이 될 수밖에 없는 운명이었단 거다.

그리하여, 영국 대중들은 금방 그 열기를 잊고 말았다.

그보다는 당장 내일의 출근, 이번 달의 월급, 그리고 1896년 새해를 맞이하는 데에 더 집중해야 했기 때문이다.

대신, 이에 주목했던 것은 바로 학계였다.

―솔직히 '베어링스 스캔들' 때야, 이미 다 지나간 사실이 너무 유명한 소설에서 쓰인 거라 그러려니 했지.

―근데 이건…… 어떻게 알아낸 거지? 미래에서 미리 보고 오기라도 한 건가?

―에이, 설마. 애초에 한슬로 진 그 작자, 원래 유명했잖아? 쓰는 내용들이 묘하게 현실감 넘친다고. 안 그래도 원래 연구하던 사람이 아닐까 하는 말이 많던데?

―그리고 보면 전에 따로 랩(lab 연구실)을 운영하고, 거기 틀어박혀서 글과 연구에만 집중하기 때문에 정체가 밝혀지지 않는 거란 소문도 있었지.

그러다 보니 그들은 한 가지 결론에 도달했다.

―설마 그러진 않겠지만…….

―만약, 이것만이 아니라면?

혹시 만약. 이거 이상으로, 실제로 현실화할 수 있는

X선 〈209〉

무언가가 숨겨져 있었다면?

조금씩, 영국 학계의 시선이 〈빈센트 빌리어스〉, 〈던 브링어〉, 그리고 현재 연재 중인 〈딕터 박사의 기묘한 모험〉에 쏠리기 시작했다.

〈피터 페리〉는 지나치게 판타지가 많고, 판타지에 치중한 면이 있었지만…… 저 세 소설은, 어느 정도 현실성이 꽤 충분해 보이는 소설들 아닌가? 배경도 현대 영국이고.

자연스럽게 조금씩, 아주 조금씩 한슬로 진의 소설에 나오는 산물들을 연구하고, 탐구해 보자는 이야기가 많아지기 시작했다.

심지어 한슬로 진만이 아니라 다른 작품들까지도 꼼꼼히 확인해 보자는 이야기까지 나오며 〈타임머신〉, 〈해저 2만리〉 같은, SF장르의 판매량이 급증하기도 했다.

물론 점잖게, 거기에 제동하는 사람도 없진 않았다.

'만약 그 공상의 산물들이 현실화되려면, 우리는 좀 더 새로운 사실들을 알 필요가 있다.'

왕립학회 회장인 제1대 켈빈 남작 윌리엄 톰슨(William Thomson)의 돌려 까는 말이었다. 대서양 횡단 해저 전신 케이블이라는 업적을 세운 위대한 과학자는 후학들이 그 비현실적인 공상에 너무 함몰되지 않기를 원했다.

과학자이면서 진화론도 부정했던 사람다운 말이었지

만…… 오히려 그랬기에— 소용없었다.

"켈빈 남작님이 보증하셨다! 현실화는 가능해!"

"그 새로운 사실들을 우리가 찾아낸다! 우리 랩실은 이제부터 〈던브링어〉에서 나오는 연금술을 연구한다! 우선 은과 구리를 섞어서 구워 봐!"

"휴가 갔던 우리 랩실 애들 전부 복귀시켜! 뭐? 여친? 자네 꿈꿨나? 대학원생에게 그런 게 어디 있어! 닥치고 돌아오라 해!"

"뭐? 돌려 말한 거라고? 비현실적이라고 포기한다고? 쫄? 그런 식으로 포기할 거면 뭐 하러 과학자를 하겠냐!? 그럴 거면 회사에 취직이나 해라, 병신아!"

그렇게, 과학자들은 마치 성배를 찾아 헤매는 원탁의 기사들처럼, 작품 속의 과학을 찾기 시작한 것이다.

물론.

"제기랄, 제기랄! 저주한다, 한슬로 진!!"

"허허허, 잘하고 있나? 혹시 뭐라도 나오면 말해 주게나!"

"하지만 교수님, 이건 너무……!"

"논문 잘 쓰고 싶지?"

"……최선을 다하겠습니다, 교수님!"

열광한 건 이미 석박사 학위 다 따, 할 게 없었던 사람들 뿐이고. 아직 그 단계까지 못 간 일부. 정확히는 대학원생이란 이름의 축생들은 그저 추가된 노동 속에서 고

X선 〈211〉

통받을 뿐이었지만.

그리고 이는, 다른 곳에서도 이어졌다.

"흠, 오빠? 이번 이야기 들었지?"

"아, 그 핸슬로 진의 이야기? 물론이지. 그런데 그건 왜?"

"아니, 그게 가능하다면…… 혹시 이것도 한번 해 보면 어떨까 싶어서."

"흠, 하지만 이제껏 연구하던 거랑은 전혀 다른 방향인데? 게다가 다른 것들도 아니고, 〈피터 페리〉인데 괜찮을까? 이건 동화잖아."

"하지만 할 만해 보이지 않아? 셋째 오빠, 오빠는 어떻게 생각해?"

"흐음……."

다섯 남매 중 셋째는 막내의 말에 잠시 고민하다가 입을 열었다.

"뭐, 그래. 까짓거 한번 해 보자."

* * *

"아무튼 그렇게 된 겁니다. 작가님."

"……맙소사."

소식을 듣고 찾아간 벤틀리 출판사. 그곳에서 나는 마리아 씨의 말에 머리를 짚었다.

아니, 영미 천지가 복잡기괴하다는 걸 여기 와서 참 많이 느끼긴 했다. 하지만 이건 좀 아니잖아?

'물론 내가 무심코 적어 놨을 수는 있는데.'

영국에서 생활하다 보면 참 많이 느끼는 게, 아무리 벨 에포크니, 좋았던 시절이니, 인류 발전 최정점인 시대였니 하더라도.

아직은 좀…… 미개한 과거라는 점이다.

예를 들어 17세기까지 중국이 순장 제도를 유지하고 15세기까지 아즈텍이 식인했던 게, 그 시대 사람들이 생명 귀한 줄 몰라서 그랬겠는가.

그저 그걸 하지 말아야 할 충분한 당위성이, 그냥 하던 거 하자는 사회적 관성, 소위 보수성이라는 것을 설득하지 못했기 때문이다.

그리고 그건 대영 제국이라고 목에 힘주고 다니는 이 영국도 크게 다르지 않다.

아직도 싸고 이쁘다는 이유로 비소가 섞인 패리스 그린(Paris Green) 염료를 쓰고, 당도를 높인단 이유로 와인에 납을 섞는다.

내가 괜히 애들 핑계를 대서라도 구스타프 에펠이 주는 와인을 안 마신 게 아니다.

이 시대 상인들은 수익을 위해서라면 말 그대로 '독극물'을 만들어 파는 경우도 허다하니까.

그러니 최근엔 집에 들여놓는 와인도 정말 고급이 아니

면 아예 들여놓질 않았다. 대신 위스키를 중심으로 마시지. 다행히 밀러 씨는 의외로 취향이 이쪽이라며 좋아하셨고.

아무튼, 분야에 따라 다르긴 하지만, 이 시대의 보편타당한 상식은 내 기준보다 조금 뒤처질 수밖에 없다. 흔히 말하는 '미래 지식'의 차이다…… 여기까진 이해했다.

그런데 과학자님들은 좀 달라야지.

아니, 아무리 20세기 동안 발전한 지식이 워낙 많다지만, 설마 X선 하나 때문에 이런 난리가 벌어질 줄 그 누가 상상이나 했을까.

"실은 지난번 〈피터 페리〉 때 문화학 관련으로 자문을 구했던 웨스트민스터 대학에서도 추가로 요청이 왔습니다. 최근 X선 관련해서는 혹 이야기하실 수 있는 게 없냐고……."

"작가가 그냥 작가지 뭘 알겠습니까. 그런 거 없습니다."

아니, 민속학 관련이야. 내가 대충 오컬트 소재로 주워들은 게 있으니까 그렇다 치자.

그런데 내가 과학까지 뭘 어떻게 하겠어. 소설에 필요한 지식이나 간단한 놀이 정도는 하지만 전문성으로 따지고 들어가면 비교할 수 없지.

다시금 말하겠지만, 난 성골 문과니까.

"……진짜 따로 연구하신 건 아니시고요?"

"아, 아니라니까요!"

아오, 진짜! 내가 이렇게 믿음이 없냐?!

내가 지금까지 얼마나 정직하게……!

그 순간, 내 머릿속에 출판사 앞에서 불타 스러지던 피터 페리 위커맨과 그걸 해결한 방법이 스쳐 지나갔다.

덤으로, 빈센트 빌리어스 때와 주간 연재 시작했을 때도.

……응, 그때 그건 내가 잘못하긴 했지. 그래, 정직하게 살아오진 못했지만, 응! 아무튼!

"전 이쪽엔 완전 문외한입니다. 그러니까! 웨스트민스터건 케임브릿지건 옥스퍼드건! 과학 쪽으로 문의가 오면 절대 받아 주지 마십쇼. 알겠죠!"

"네, 네넵."

"하, 하하. 작가님. 좀 진정하십쇼. 그만큼 작가님이 리얼하게 잘 쓰셨다는 의미 아니겠습니까?"

"그건…… 후, 그렇긴 하죠. 일단 소리쳐서 죄송합니다. 마리아 씨."

"아닙니다. 제가 먼저 의심해서 죄송합니다, 작가님."

아무튼…… 이거 자체는 썩 나쁜 일은 아니긴 하다.

실제로 이러니저러니 해도 매출이 꽤 늘었으며, 어쨌든 이렇게 대중문학의 주 수요층이 아닌 지식인들한테도 눈도장 찍어 두는 건 이득이니까.

예를 들면 뭐, 자료 조사할 때 프리패스권을 얻는다든가?

가만, 게다가.

"밴틀리 씨, 혹시 이걸 이용해 먹을 수는 없을까요?"

"네? 어떻게 말입니까?"

"거, 왜. 〈던브링어〉 때도 뉴스 씨가 이것저것 팔아먹었잖아요? 〈꼬마 케빈〉 때도 부비트랩 세트를 팔아먹었고요."

"예, 그랬지요."

그걸 벤틀리 출판사에서도 해 보자 이거다.

솔직히 저명한 과학자들의 보증을 얻을 수 있다면, 그냥 파는 것보다 훨~씬 팔아먹기 좋지 않겠냐 이거지.

거 왜, 닥터 오 과자나 헬리박콥터 야쿠르트 같은 거.

흠, 뭐가 있지? 〈피터 페리〉는 완결했으니 연극 나올 때 해야 시너지가 있을 것이고, 〈빈센트 빌리어스〉는 현대물이니 애매하고.

역시, 그렇다면 〈딕터 박사〉 쪽이 제일 그쪽이긴 한데 — 하지만 그것만으론 한끝이 부족하다.

그렇다면 지금 여기서 내가 제일 먼저 쓸 수 있는 건 역시……

"그 사람인가."

뭐, 어쩔 수 없지.

이게 다 돈을 위해서다.

* * *

런던, 킹스턴 어폰 템스(Kingston upon Thames).

"예?! 한슬로 진 작가님이요?!"

―예, 그렇습니다. 작가님.

뭐지, 이게? 가브리엘?

허버트 조지 웰스는 마치 '천상의 그분께서 당신을 찾으십니다'라는 영적인 체험을 하는 듯했다.

―혹시 바쁘시면 말씀해 주십시오. 제가 잘 말씀드려서…….

"아닙니다! 아니에요!! 뵙게 해 주십시오. 반드시 가겠습니다!"

―……알겠습니다. 그러면 조속히 준비해서, 출판사로 와 주십시오.

"예, 감사합니다! 멜빌 씨, 정말 감사합니다!!"

담당 편집자와의 통화가 끊겼다.

웰스는 순간 그 짜르르한 환희를 잠시 만끽하려 하였으나, 이내 그럴 시간조차 아깝다고 생각했다.

"이자벨! 내 정장 어디 있어!?"

"여기 있어, 오빠."

"고마워, 내 사랑."

웰스는 사랑하는 아내의 입술에 가볍게 입을 맞추었다. 하지만 그 순간에도 그는 그녀가 아닌 다른 사람을 생각하고 있었다.

그의 신이 그를 부르고 있었다.

허버트 조지 웰스

"그러면 웰스 작가님, 여기서 잠시 기다려 주십시오. 곧 사장님과 한슬로 진 작가님이 오실 것입니다."

"아, 알겠습니다."

익숙한 담당 편집자, 마리아의 말에 허버트 조지 웰스는 고개를 끄덕였다.

그런 그를…… 뭐랄까, 경멸이라고 해야 하나, 불쌍하다고 해야 하나.

하여간 절대 호의적이지 않은, 미묘한 시선으로 보던 마리아는 평소대로 감정이 옅은 목소리로 떨떠름하게 말했다.

"혹시나 해서 말씀드리지만, 작가님."

"아, 예."

"절대, 절대 한슬로 진 작가님께는 무례한 말씀을 하지 마십시오."

"……그야, 당연한 것 아닙니까."

조지 웰스는 의아하다는 듯 답했다.

그의 신, 구원자, 선지자께 대체 무슨 무례한 말을 할 수 있단 말인가?

하지만 그럼에도 편집자 마리아는 잠시 웰스를 예의, 의미 모를 시선으로 보더니, 한차례 한숨을 쉬고는 고개를 저은 뒤 밖으로 나갔다. 그녀가 왜 저러는 건지, 웰스로서는 좀처럼 이해가 가지 않았다.

'그건 그렇고.'

홀로 남은 허버트 조지 웰스는 새삼스러운 눈으로 벤틀리 출판사의 사장실을 훑어보았다.

'대강 3년 만인가…….'

길다면 길고 짧다면 짧은 시간.

그사이 참 많은 것이 달라졌다. 허버트 조지 웰스는 새삼 그렇게 생각했다.

하긴 일개 교사에 불과했던 그가, 이제는 그럭저럭 인기 있는 작가이자 어엿한 런던 시민이 되지 않았는가?

젊은 나이지만, 이 정도면 충분히 성공했다고 할 수 있었다.

그리고, 그럴 수 있었던 이유가 바로…… 한슬로 진의 은혜였다.

단순히 그를 인정해 준 것만이 아니다.

―그러니까…… 후반부가 약하다는 말씀이시군요.

허버트 조지 웰스 자신도 고민하고 있던 부분.

하지만 단편 소설이기 때문에 그다지 중점으로 생각하지 않았다. 어쨌든 그가 하고 싶었던 이야기는 몰록(Moloch)과 엘로이(Eloi) 쪽 이야기였으니까.

하지만.

―그렇지. 하지만 그래선 안 돼.

리처드 벤틀리 주니어는 그렇게 말했었다.

―로맨스에 가까운 그 이야기는 잘 팔리지. 그건 좋은 생각이네. 하지만 그 30만 년, 3천만 년 뒤의 이야기는 힘이 너무 빠져. 차라리 빼는 게 나을 지경이야.

―틀린 말씀은 아닙니다. 어쨌든 제 목적은 끔찍한 계급 격차를 비판하기 위한 것이었으니까요. 하지만 그걸 뺀다면, 〈타임머신〉이라는 제목은 의미가 없어져요.

그리고 그 순간, 벤틀리는 거절할 수 없는 제안을 내밀었다. 정확히 말하면 전해 주었다.

―이건 나보다는 한슬로 진 작가님의 제안이네만.

―한슬로 진 작가님이요!?

런던에서 제일 인기 있는 아동 소설의 작가가 그의 글을 읽었다니. 심지어 조언까지? 웰스는 감격일 수밖에 없었다.

그리고 그 내용도.

―출판용 단편과 연재용 장편을 나눠서 쓰는 건 어떤가? 단편은 후반부를 최대한 줄여서 단권으로 출판하고, 연재용 장편은 그 후속작 개념으로 타임머신을 이어받은 관찰자가 주인공이 되어, 그 타임머신으로 시간 이동을 탐구하며…… 과거와 미래의 괴물들을 데려와서 생기는, 괴물 소동 같은 걸 적는 거지.

―과거라면, 리처드 오언(Richad Owen)이 주장한 공룡 같은 생물 말씀이십니까?

―그렇지. 이걸 말씀해 주신 한슬로 진 작가님이 말씀하시길…….

'몬스터물(Monster), 이었나.'

허버트 조지 웰스는 지금은 익숙해진 장르명을 되뇌었다.

처음 들었을 때 이게 무슨 귀신 씻나락 까먹는 소리인가 했다. 하지만 그를 픽해 준 한슬로 진의 제안이 아닌가?

결국 웰스는 그것을 받아들였고, 지금은 정말로 잘한 결정이라고 생각하고 있었다.

지금의 〈타임머신〉은 〈템플 바〉에서 그의 상상력이 총동원된, 온갖 동식물이 튀어나오는 환상 문학이자 SF로서 자리매김했으니까.

원래부터 이런저런 풍부한 상상력을 자랑하던 웰스에게도 딱 맞는 소재였다.

게다가 그중 가장 인기가 좋거나 쓰기 편할 것 같은 환상종 몇을 뽑아, 현실의 지구를 비롯해 이들이 번성하기 좋은 행성을 찾아 우주를 떠돌아다니며 전쟁을 벌이는 SF 전쟁소설, 〈우주전쟁(The War of the Worlds)〉을 준비 중이기까지 하니, 실로 정확한 조언이었다고 하지 않을 수 없다.

'그런 한슬로 진 작가님이.'

그를 불렀다.

두근두근 심장이 뛰는 게 느껴진다.

대체 무슨 일일까? 설마 그 지난번 애송이들과 같은, 아니 어쩌면 처음 그를 픽업했을 때와 같은 조언을 이번에도?

그의 머릿속에 수많은 가능성의 수로 그려진 온갖 장면들이 스쳐 지나갔다.

그렇게 탁자에 놓여 있는 찻물을 마시며 싱숭생숭한 마음을 달래던 그때.

"이거, 미안하군. 내가 많이 늦었나?"

"아닙니다. 그저……."

사장실의 문이 열렸다.

귓속을 파고드는 익숙한 목소리에 허버트 조지 웰스는 반사적으로 벌떡 일어났다.

그리고 고개를 돌리는 순간.

"아니, 이 칭키가 왜……!?"

그대로 굳어 버리고 말았다.

리처드 벤틀리 주니어의 뒤로 간간이 보이던 칭키가 따라 들어왔기 때문이다.

그것도 너무나 자연스러운 몸짓으로.

대체 무슨 일이지? 너무나 의외의 결과에 잠시 웰스가 입을 벌리고 있던 그런데 그 순간, 리처드 벤틀리 주니어가 놀라 격렬하게 소리쳤다.

"칭키라니!! 자네, 지금 작가님께 대체 무슨 무례인가!"

"……예? 작가님이요?"

"그래! 자네가 그리 보고 싶어 하던 한슬로 진 작가님 말이야!"

지금, 뭐라고? 허버트 조지 웰스는 순간, 자신이 미쳤나 생각했다. 아니면 벤틀리가 미쳤거나.

"그러니까. 이 칭, 아니 그러니까 이, 이분이……!"

"하하, 괜찮습니다. 벤틀리 씨."

하지만, 둘 모두 아니었다.

웰스는 칭키. 아니, 아시아인에게서는 도저히 기대할 수 없다고 생각했던, 품위 있고 부드러운 행태에 깜짝 놀랄 수밖에 없었다.

항만이나 잡화점에서 일하면서 봐 온 자들과는 전혀 다른 모습.

그 아시아인은 손을 살짝 내밀어 벤틀리를 만류하더니, 생각보다 훨씬 큰 눈높이에서 우수에 찬 검은색 눈동자로 이쪽을 보았다. 그리고, 천천히 손을 내밀며 너무나

유창한 영어로 말하기 시작했다.
"처음 뵙겠습니다. 허버트 조지 웰스 씨."
"아, 아아……!"
그리고.
"진한솔입니다. 한슬로 진, 한스 진. 편할 대로 불러 주시지요."
"어, 어어? 어어어어!!?"
설마…… 진짜?
철퍼덕.
허버트 조지 웰스의 우주가 잠시 꺼졌다.

* * *

 피부색이 다르다는 것만으로, 이웃을 닿아서조차 안 될 오염 물질로 여기게 된 게 언제였더라?
 어렸을 때는 그런 것과는 거리가 먼 게 사실이었다. 그런 게 눈에 들어올 시간에 차라리 책이라도 한 번 더 보는 게 나았으니까.
 그게 배고픔을 잊을 수 있는 유일한 방법이었다.
 크리켓 프로 2군 선수인 아버지와 그 아버지의 이름값으로 운동용품점을 했던 어머니 사이에서 태어났던 그는, 아이러니하게도 그 불안한 수입 때문에 제대로 운동할 수도 없었고, 실제로 운동도 못 했다.

처음으로 꿈이 꺾였던 순간이었다.

그래도 그땐 큰 상관은 없긴 했다. 조금 열악하긴 했어도 근근이 먹고살 수는 있었으니까.

하지만 12살 즈음, 아버지의 다리가 골절되었고.

아슬아슬하게 버텨지던 집안이 결국 파탄 났다.

결국 막내인 그는 먹을 밥이 없어, 남해에 있는 옷감 공방에서 견습으로 들어가야만 했다.

그리고…… 19세기 영국에서 그게 얼마나 끔찍한 일인지는 말할 필요가 없다.

하루 13시간, 말이 견습생이지 사실상 노예처럼 다뤄졌다.

줄만 걸어 놓은 쪽방에서 수십의 다른 견습생들과 함께 잠을 자야 하는 나날.

간신히 밥이라도 먹을 수 있다는 것도, 비가 왔을 때 지붕이라도 있다는 것에도 감사해하면서 살아야 했다.

그리고…… 사람이 가장 다른 사람에게 가열해지는 때가 바로 사람이 열악하던 때라고 하던가?

시작은 단순했다.

당장 내가 먹을 수 있을지도 모르는 빵 한 귀퉁이를 저 껌둥이, 누렁이에게 빼앗긴다.

―배고파.

―저걸 뺏으면 조금이라도.

―제기랄, 내 것이 아니라고? 그래서?

그 누구도 나쁘지 않다.

그 누구도 먼저 잘못하지 않았다.

그러나, 결핍은 그 자체로 악의를 피워 낸다. 아주 조금 생겼을 뿐인 악의조차, 꼬리에 꼬리를 물고 거대하게 만개한다.

이렇게 힘들어 죽겠는데 아버지는 대체 누워서 뭘 하고 있는가. 어머니는 교회에 가서 대체 뭘 비는 건가.

신은 정말 존재하는가? 그런 게 있다면, 대체 왜 그를 돕지 않는가?

그렇게 그는 다른 인종, 기독교인, 그리고 장애인에 대한 증오를 차곡차곡 쌓았다.

하지만 그래도 그는 나은 편이었다. 보통은 그 구렁텅이에서 평생을 보낼 테지만, 그 지옥에서 벗어나기 위해 필사적으로 공부했으니까.

그리고 18살 즈음, 우수한 성적으로 장학금을 받아 런던의 과학사범학교에 진학했다.

덕분에 은사인 토머스 헨리 헉슬리(Thomas Henry Huxley) 덕에 진화론과 사회주의를 접하면서, 그게 프롤레타리아를 핍박한 부르주아들의 잘못이란 생각은 갖게 되었다.

하지만, 예전 트라우마는 여전히 뿌리 깊게 자리 잡혀 있었다.

그렇게, 자본주의와 계급주의를 비판하고, 전쟁과 제

국주의는 극혐하면서도 정작 인종과 장애인은 차별하는 모순적인 무신론자가 탄생하게 된 것이다.

그러나.

'신은 존재했다.'

거기서 한번, 그가 만든 모순에 금이 갔다.

한슬로 진.

그가 바로 그의 신이며, 구원자이며, 선지자였다.

물론, 이건 스스로도 무척 과장된 표현이라 생각하긴 했지만.

굳이 따지자면 은사 이상 구원자 이하 정도?

하늘같이 여긴다는 점에서는 달라진 게 하나도 없어 보였지만…… 아무튼 그러했다.

그런데, 이제야 밝혀진 진실…… 그가 은사 이상, 구원자라 여겼던 이가.

다름 아닌 백인의 자리를 빼앗고, 백인의 마음에 악을 깃들게 만드는 더럽고 비겁한 악의 축이었다고 생각했던 — 칭키…… 가 아니라, 아시아인이란 것이었다고?

'이게 말이 되는가?'

논리와 현실이 충돌할 때, 사람들은 대개 현실 쪽을 부정한다. 그리고 방어기제를 형성하며, 현실을 두려워하고 혐오하게 된다.

하지만 그는 사회주의자였고, 유물론자다.

즉, 실재론자(realist)였다.

그래서, 사상을 지키기 위해선 실재하는 현실을 긍정해야만 한다.

그것이 그의 머릿속에서 끊임없이 부딪치는 사상들 사이의 균형추로써 작용했다.

그리고.

'그렇다면, 잘못된 것은 내 사상이었다.'

훌륭한 삼단 논법이다.

그렇게 산산조각이 난 사상이, 허버트 조지 웰스의 안에서 재조립되기 시작했다.

'나는 타 인종이 백인에게 그릇된 상념과 사악한 마음을 품게 만든다고 생각했다.'

'그것은 나 자신이 프롤레타리아로서 핍박받았을 때 생겼던 악의에 근거한다.'

'하지만, 만약 내가 그 시절에 백인 동료들만 있었어도 그런 생각을 했을까?'

아니다. 만약 근처에 백인만 있었다면, 그는 똑같이 백인들을 경멸했을지도?

일반적인 경우라면 여기서 만민평등의 관념이 형성된다.

하지만, 이 순간 허버트 조지 웰스는 작가로서의 독특한 상상력을 발휘하여…… 다른 방향으로 생각을 튕기기 시작했다.

'하지만 그랬다면, 나도 체념했을 것이다. 필사적으로

공부하지도, 그리고 런던사범학교에 들어가지도 않았을 것이다.'

'그리고 내가 헉슬리 선생님의 영향을 받아 소설 〈타임머신〉을 쓰는 일도 없었을 것이다.'

'그랬다면 한슬로 진을 만날 일도 없었겠지.'

'즉, 그 공방에 여러 인종이 어울려 있었던 것은 나 자신을 극한으로 몰아세워 공부를 열심히 하게 하려는 어떤 절대자의 안배다……!'

비약이다. 정상적인 상황이라면 당연히 유물론자인 자신조차 잃지 않았을 것이다.

하지만 허버트 조지 웰스는 1에서부터 자신을 재구성하는 중이었고, 그래서 스스로가 퍼즐을 잘못 끼웠다는 것도 인지하지 못했다.

그래서.

'그렇다면, 그 절대자는 누구인가.'

'기독교의 신인가? 하지만 그 신은 내게 답을 주지 않았다.'

'하지만 신이 답을 주는 자라면, 그렇다면. 내게 답을 주신 분은. 그리고 지금 내게 답을 내려 주려 오신 분은……!'

그리고 그 순간, 진한솔이 그에게 손을 내밀었다.

"이런, 웰스 씨. 괜찮습니까?"

"창 좀 열겠습니다, 작가님."

"……신이시여."

그 순간, 허버트 조지 웰스는 리처드 벤틀리 주니어가 열어젖힌 창문에 의해 들어온 광선이 진한솔을 찬란한 광휘로 물들이는 것을 보았다.

황당하리만큼 극적인 순간이었다.

그리고, 그 순간에 완전히 경도된 허버트 조지 웰스는…… 천천히 무릎을 꿇었다.

"회개합니다."

"……예?"

"회개하겠습니다, 잘못했습니다! 오오, 신이시여! 당신께 제가 도대체 무슨, 베드로와 같은 짓을 저질렀는지!!"

"아니, 잠깐만요."

허버트 조지 웰스가, 한슬로 진의 사람을 낚는 어부가 되리라 마음먹은 순간이었다.

"……벤틀리 씨, 혹시 편집부에 아편이라도 숨겨 놨습니까?"

* * *

사실, 이래 봬도 제법 마음의 준비를 많이 하고 왔다.

아니, 그도 그럴 게 벤틀리 씨가 아주 그냥 신신당부했거든. 나도 그가 대충 뻐킹 레이시스트 새끼라는 건 진작 알고 있으니, 머리끝에서 발끝까지 잘근잘근 부술 생각이었다.

일단 써야 할 땐 쓴다 하더라도, 저주 걸린 장비는 초기화하고 +14강을 해야 써먹을 거 아닌가. 그래서 만전의 태세에 임하며 만남을 준비했다.

때문에, 만나자마자 업무 모드에 들어가 평소보다 좀 딱딱하게 대한 느낌이 좀…… 있긴 한데.

"오오, 신이시여……!"

"아니, 진정 좀 하세요."

"어떻게 진정하란 말씀이십니까!! 저는 지금, 신의 역사하심을 보았습니다!"

아니, 신은 무슨 놈의 신이야.

물론 내가 시간 표류자가 되었으니, 초자연적인 무언가를 부정할 생각은 없다.

하지만 신이라니…… 난 그냥 평범한 미래인 웹소설 작가에 불과하다고. 그것도 당신 후배인! 뭐 직계는 아니라지만.

아무튼…… 일단 저 약쟁이를 진정시키는 게 먼저겠네.

"아아, 제가 어렸을 때 사실 당신을 만났음에도 여태까지 기억조차 못 한다니, 이리 불경할 데가 있나! 진심으로 반……."

이 인간, 이젠 내 얘기조차 안 듣고 어렸을 때 자기가 힘들 때 어땠냐느니 간증 비스무리한 망상을 늘어트리고 있다.

아니, 내가 사업 얘기하러 왔지, 고해성사나 들으러 왔냐고.

결국 나는 한숨을 푹 쉬고, 벤틀리 씨가 있는 곳을 향해 고개를 끄덕였다.

그 모습에 벤틀리 씨도 고개를 끄덕이더니.

쇄애애액!

적당히, 속이 빈 나무막대로 그 뒤통수를 따악! 소리가 나게 쳤다.

그러자.

"……고로로롱."

풀썩, 하고 조지 웰스가 쓰러졌다.

다행히 죽진 않았다. 그냥 정신을 잃은 것뿐.

그것을 확인한 뒤에야, 나와 벤틀리 씨는 서로를 보며, 깊은 안도의 한숨을 쉴 수 있었다.

"그래서…… 정말 아편은 두지 않은 거죠?"

"아, 안 됐습니다! 펴도 살롱에 가서 피지, 신성한 일터에서는……."

……피긴 한단 소리잖아.

* * *

잠시 후.
"자, 진정됐죠?"

"예, 예. 죄송합니다. 구······."

"크흠."

"······작가님."

아직도 정신을 제대로 못 차렸나.

나는 허버트 조지 웰스가 발작할 때마다 그를 매섭게 째려보았다.

그래도 밑바닥에서 구른 덕에 눈치가 없지는 않은 건지, 웰스는 눈치를 주면 알아서 챙기긴 했다.

정말 다행이다. 상상 이상의 넌씨눈이었다면 그냥 갈아엎고 다른 사람을 찾았을 텐데.

'아니 뭐, 오히려 잘된 건가?'

원래는 드잡이질을 각오하고 있었는데 그 과정이 통째로 날아간 거니까.

조금 이상한 방향이긴 하지만 아무튼 고분고분해졌으니까. 예정대로 가볍게 제안하면 될 거 같긴 하다.

"아무튼, 제가 제안하고 싶은 건······ 굿즈 사업의 일환, 이른바 '설정집'입니다."

"서, 설정집이요?"

"예."

나는 고개를 끄덕이며 예시로 들어 볼 만한 것을 내밀었다.

바로.

"이건······ 윌리엄 예이츠 작가님의 〈아일랜드 농부의 요정담과 민담(1888년)〉 아닙니까?"

"예, 바로 그렇죠."

나는 고개를 끄덕이며 설명했다.

이걸 아일랜드 신화의 설정집, 혹은 단편집이라고 한다면, 내가 출판하고자 하는 건 소설들의 설정집이다.

설정집, 이른바 팬북(Fanbook).

말 그대로 어떤 분야의 팬들을 위한 책이다.

범위는 단순히 만화, 게임, 애니메이션 등 서브컬쳐만이 아니다. 아이돌 연예인 팬북, 스포츠 운동선수 팬북 등 범위가 무궁무진해진다.

가장 익숙한 건, 어디 보자…… 아무래도 게임이나 소년 만화 관련 팬북이겠지? 역시 설정 놀음하기 제일 좋은 분야니까.

"제 경우라면 〈피터 페리〉의 요정들이겠죠."

나는 담담하게 설명했다.

"일단, 앞면엔 아르누보풍의 미소녀로 미화(美化)한 요정들을 그릴 겁니다. 뒷면엔 그 요정들의 이름과 설정을 적는 거죠."

그렇게 한 페이지를 통으로 어느 특정한 요정을 위해 할애한다.

이런 식으로 쓰다 보면, 어느새 책 한 권 정도는 금방 만들어지지.

"과연, 그렇다면 미관상으로도 좋을 테니 사람들이 많

이 사겠군요! 역시 천재적이십니다!"

거, 말 끊지 말고. 나는 웰스를 살짝 째려보았다. 웰스도 잘못했다는 걸 아는지 알아서 찌그러졌다.

"그리고, 기왕 할 거라면 제대로 노를 저어 볼 생각이라서요. 〈던브링어〉로는 같은 개념으로 히어로 설정집과 빌런 설정집을 나눠서, 그리고 지금 연재 중인 〈닥터 박사〉로는 닥터 박사가 탐사했던 유적지뿐 아니라 그 유적지가 있던 나라의 문화, 생태, 자연환경 같은 걸 각각 분야별로 묶어 판매할 생각입니다."

〈피터 페리〉가 단순한 덕질이라면 이쪽은 일종의 지적 허영심을 건드는 것이다.

보는데도 즐겁고, 상식도 채워 넣기 좋으니, 편하게 자기가 아는 거 늘어놓기 좋아하는 신사들이라면 더 열광해서 구매할 거고.

게다가 우리 쪽이 움직이지도 않는데 알아서 홍보되는 이 상황을 이용하는 거다!

후후, 돈이 어마어마하게 들어오는 모습이 눈에 보이는 듯했다.

〈빈센트 빌리어스〉도 할 수 있으면 좋을 거 같은데 그걸로는 팔아먹을 각이 안 보여서 어쩔 수 없이 패스했다.

어쩔 수가 있나, 그건 정극에 가까운 분위기라 캐릭터도 적고 페이지를 깊게 할애하면 또 정·경계에서 이상한 소리를 할까 봐 무섭단 말이지…… 솔직히 후자가 이유로는 더 컸다.

"아직 얘기는 안 했지만, 아서 코난 도일 작가님의 〈셜록 홈스〉도 이 설정집 프로젝트에 합류시킬 생각입니다."

"오오."

한 페이지당 단편 하나에 대한 해설을 하는 것이다. 내용보다는 관련 범죄에 관한 법 조항을 설명하는 페이지를 만든다면, 단순히 어른들만이 아니라 법학 교육도 된다고 학부모들에게 팔기 좋겠지.

아무튼, 중요한 건 나 혼자 먹을 생각은 아니란 거다.

그리고.

"우리 벤틀리 출판사 안에서는 허버트 조지 웰스 작가님. 당신의 〈타임머신〉을 쓰려고 생각하고 있습니다."

"아, 그래서……."

설정집 프로젝트에서, 이 〈타임머신〉만큼 찰떡인 작품은 별로 없다.

왜? 설정집을 만들 때 필요한 건 '뒤 설정'의 방대함이다.

단편 하나에서만 나왔지만, 그 생김새, 그 생태, 그 진화도(進化圖)가 상세히 실려 있는 설정.

게다가 그 내용들이 살짝 느슨하게 있으면 더욱 좋지. 비어 있는 부분을 채워 넣는 재미가 있기 때문이다.

이른바, 덕질 하기 좋을 것이 필수라는 거다!

그리고 허버트 조지 웰스의 〈타임머신〉은 내 마개조에 의해 몬스터물의 신기원을 열었다.

과거와 미래, 어떻게 생물이 진화하고 어떤 생태를 구축했는가, 그에 대한 방대한 내용들이 녹아 있단 말이지. 이건…… 다른 말로 하자면.

'팬픽 각이라는 거지.'

세계관을 끊임없이 늘릴 수도 있으니 더더욱 좋지. 이 범용성이야말로 이번 사업의 핵심이 될 터였다.

게다가 공룡도 등장시켰잖아? 공룡이 가득한 그림책에 환장 안 하면 애들이 아니다.

자연스럽게 판매층을 넓힐 수도 있다는 거지!

이는 아직도 창조설 주의자가 많은 이 시대에, 진화론을 자연스럽게 해설할 수 있는.

어른도 어린이도 사기 좋은 그림책이 되어 선풍적인 인기를 끌게 될 거다.

아무튼.

"예시로, 간단히 만들어 뒀던 시제 설정집이 좀 있습니다."

나는 예전, 웨스트민스터 대학에 제공했던, 보기 좋게 논문 형태로 묶어서 보냈던 노트를 꺼내며 말했다.

물론 이때는 이걸 팔아먹을 생각이 아직 없었기 때문에 삽화는 없긴 하지만, 그래도 개념을 이해하는 데 도움은 될 것이다.

"이걸 한번 봐 보시고, 한번 진지하게 생각해 봐주시면—."
"아닙니다, 작가님."
그런 내 말을 끊고, 허버트 조지 웰스가 말했다.
그의 눈은, 아까 내게 고해성사할 때와 비슷한 광기로 가득했다.
"저는 한슬로 진 작가님을 믿습니다."
"……그래요?"
"예! 솔직히 말씀드리면, 작가님께서 해 주신 말씀을 전혀 이해하지 못했지만……!"
아니, 그런 말을 너무 대놓고 하지 말라고…….
나와 벤틀리 씨가 어이를 잃은 사이, 허버트 조지 웰스는 너무도 당당하게 소리치듯 큰 목소리로 말했다.
"그럼에도, 저는 작가님이 보여 주신 길이 맞는 길이라고 생각합니다!"
"어째서…… 말입니까?"
"어째서라니요, 한슬로 진 작가님께서 하시는 일인데 그게 틀릴 리가 없지 않습니까!!"
"……."
"……."
나는 잠시 고개를 돌려, 벤틀리 씨와 눈을 마주쳤다.
그리고, 동시에 같은 생각을 하고 있다고 느꼈다.
일 났다.
이 인간, 완전히 망가졌다.

"그, 그러면 아무튼, 진행하시는 걸로 알고."
"물론입니다!! 어디 사인하면 되겠습니까?"
"……계약 사항은 안 보십니까?"
"하하하! 한슬로 진 작가님께서 다 알아서 해 주셨겠지요!!"

아무튼, 그 덕에 계약서에 서명을 받는 건 편했다.
문제는 그다음이었다.
"그러면 한슬로 진 작가님, 이 사업은 그렇다 치고 제 글 요즘 어떻습니까?! 보고 계시는지요? 아니, 안 보고 계셔도 괜찮습니다! 전지전능하신 작가님이라면 보지 않으시더라도 제 글의 문제점과 해결책을 주실 수 있겠지요!"
"아니, 일개 작가가 무슨 전지전능이에요!"
"괜찮습니다! 제 신앙은 공고하니까요. 믿고 있습니다! 한슬로 진 작가님!!"

결국 나는 글은 스스로 깨달아야 성장할 수 있는 장르라는, 자기개발서에 가까운 말로 달랜 뒤에야 그를 보낼 수 있었다.

숨을 헐떡이며 돌아온 나에게, 리처드 벤틀리 주니어가 떨떠름하게 말했다.
"이쯤 되면 성공하는 게 더 무서울 것 같습니다, 작가님."
"무서운 농담 하지 마세요, 벤틀리 씨."

물론 나도 벤틀리의 말이 농담이 아니란 걸 알았기에, 더욱 두려워하며 몸을 떨었다.

그리고 우려했던 그대로…… 아니, 그 이상으로 성공했다.

그것도 좀 심하게.

설정집은 순식간에 아이들의 코 묻은 돈부터, 귀족들의 돈까지 갈취했다. 매상은 떡상했고, 설정집만 따로 묶어 파는 포장마차가 연일 매진되었다.

차오르는 통장 잔고를 보면 저절로 기분이 좋아지긴 했지만…… 그 덕에, 나는 더더욱 열심히 엉겨 붙기 시작한 허버트 조지 웰스를 피하기 위해 무진히 애를 써야 했다.

아니, 대체 왜 대박 쳤는데 왜 머리가 더 아파지는 걸까?

그러던 어느 날.

"실례합니다, 작가님."

"누구시죠? 어디서 뵌 것 같긴 한데……."

"크흠! 뭐, 착각이 아닐까요?"

"아닌데…… 으음."

"아, 간단히 레이스 대위라고 불러 주십시오. 여…… 아니, 요크 공작 각하의 명으로 왔습니다."

요크 공작 각하? 아, 조지 왕세손이구나. 그런데 왜?

—그대가 발간한 설정집이라는 걸 더 보내 주시오. 사인도 써서.

으음. 심정은 이해가 간다. 뭐, 드리는 건 어렵지 않지. 그런데.

"공작 각하께는 이미 소포로 보냈는데요? 혹시 우체국이 늦은 건가요?"

"……어, 음. 독일에서 사촌 분들이 오셔서, 그분들께도 선물하시고자 합니다."

아하, 그러고 보니 빅토리아 여왕은 유럽의 할머니라고 불리기도 했지. 그럼 어쩔 수 없지.

나는 아무런 의심도 없이 내 몫의 설정집에 사인해서, 그것을 찾아온 군인분께 넘겨주었다.

근데 진짜 이상하다…… 분명 어디서 만나 본 것 같은데. 대체 어디지?

러디어드 키플링

 '설정집'의 흥행은 때를 잘 맞춘 점이 컸다.
 일단, X선의 발견으로 SF에 관심을 가지게 된 과학자들이 많이 추천했다.
 "허, 이걸 이렇게 설명했다고?"
 "꽤 비약이 좀 있긴 하지만…… 괜찮은데? 교보재로 채택해도 되겠어."
 "범죄학에 입문하고 싶다고? 그렇다면 〈셜록 홈스〉 설정집을 읽게! 우리 학문의 과거와 미래가 모두 그곳에 담겨 있으니!"
 과학이 눈부시게 발전하고 있지만, 그에 따른 대중의 상식은 거기에 못 따라가며 그 격차가 점점 극대화하기 시작하는 시기가 바로 19세기.

이런 상황에서 파고들기 좋은 형태로 진화론, 과학 수사법, 문화인류학 등의 상식을 풀어 주는 설정집의 평가가 좋을 수밖에 없는 이유였다.

미래로 치면, 대학교수가 작성 잘된 불꽃 위키의 항목을 예시로 들어 주는 것과 비슷하다.

그리고 둘째로.

"소설 공개 모집 행사를 열어 두고는 이런 '설정집'을 발간한다라…… 뭐지? 무슨 의도지?"

"이대로 쓰면 당연히 표절일 테고, 흠. 그러면 이걸 교재로 써서 더 나은 글을 써 보란 뜻인가?"

"좋아, 어차피 맨바닥에서 땅을 헤엄치는 기분이었어! 이런 교재가 있으면 쓰기 쉽겠지!"

작가 연맹과 출판사가 공동으로 개최한, 제1회 찰스 디킨스 문학상 공모전.

당연히 이번 기회에 작가의 꿈을 펼쳐 보고 싶은 사람들은 많았지만, 원래 문학이란 것도 결국엔 기술이다.

특히 소설이 되면 분량을 채우기 위해 생각해야 하는 것이 워낙 많으니, 자연스럽게 기술만 있어도 발상력이 약하거나, 발상력은 있어도 기술이 없어 폐사하는 '뉴비'들이 많을 수밖에 없었다.

그리고 이번에 발간된 설정집은, 후자는 몰라도 전자에게는 어느 정도 구원이 될 수 있는 좋은 방안이었으니…….

물론, 그렇다고 해서 이를 통해서 공모전을 노린 글만 나오는 것도 아니었다.

되레.

"야, 이거 너무 〈피터 페리〉랑 비슷하지 않아? 공모전에서 표절은 블라인드로 거른다던데?"

"아, 이건 어차피 공모전에 낼 거 아냐."

"공모전에 안 내? 그럼 왜 써?"

"그냥! 난 이쪽이 더 재밌어!"

2차 창작.

소위 패러디, 혹은 팬픽이라고 불리는 문화가 수면 위로 부상하기 시작했다.

물론 2차 창작은 당연히 인류 역사에서 1차 창작이 차지하는 비중과 비슷할 정도로 오래된 관습이자 문화다.

극단적인 경우로 로마 신화는 그리스 신화의 아류이며, 그리스 신화는 원시 인도유럽 신화의 팬픽이었으니까.

하지만 그것들은 대개, 저작권이 소멸한 고대 작품이나 해적판, 혹은 망생이들의 노트 속 망상에서 벗어나기 힘들었다.

쓰는 값에 비해 돈이 안 되니까.

돈이 많으면 상관없겠으나, 그런 사람들은 왜 굳이 2차 창작 '소설'을 쓰겠는가?

그냥 화가 불러서 그림 그리라고 하며 즐기고, 연극배

우들을 불러서 보면 되는데.

대체 뭐 하러 인풋 효율이 나쁜 소설을 쓴단 말인가.

그러나 종잇값과 연필 가격을 어느 정도 감당 가능한 중산층이 많이 늘어난 지금, 19세기.

'파고들기 좋은' 양질의 공식 설정집이 풀리자, 본디 간직하고 있던 사람들의 욕망에 불을 지르는 효과로 작용되었다.

없으면, 자기가 만들기로 한 것이다.

그렇게 2차 창작물의 시대가 열리고, 특히 인기가 많았던 1차 창작은 당연히 당대의 대세인.

한슬로 진과 아서 코난 도일이었다.

―요정의 숲에서의 모험을 끝내고, 원래 세계로 돌아온 피터 페리는 피가 이어지지 않은 의붓여동생 포셔 페리와 결혼하여, 쌍둥이 남매 피니어스 페리와 페튜니아 페리를 낳는다. 아버지 피터가 늘어놓는 요정 이야기를 믿지 않던 남매는 어느 날, 피터가 들어갔던 그 요정의 숲을 발견하여 들어간다.

"그래, 역시 피터는 정실은 포셔지!"

"젠장, 너 이 꼴알못 새끼!! 이루릴이나 다른 요정들은 어디 갔어!!"

"애를 낳으려면 어쩔 수가 없잖아!! 넌 멘델의 유전 법칙도 모르냐?!"

"뭔 유전 법칙이야, 이 병신아!!"

―"이런, 소란스럽게 해 드려서 죄송합니다. 제인 왓슨 양. 다시 소개하지요. 셜리 홈스라고 합니다."

"세상에, 홈스와 왓슨의 성별을 바꿨다고!?"

"이, 이 둘이 밤에 그렇고 그런 짓을……!?"

"젠장, 인정할 수 없어! 꼴리지 마, 내 안의 작은 나!!"

―눈을 떠 보니, 평범한 영국 신사였던 나는 좋아하던 소설, 던브링어의 주인공 에드먼드 에어하트가 되어 있었다. "망했네, 제기랄."

"지금, 설마 던브링어와 빈센트 빌리어스를 합친 거냐?"

"이런, 이렇게 경박하기 그지없는 에드먼드라니, 이런 건 에드먼드가 아냐!"

"그치만 너도 에드먼드가 행복하길 원했잖아! 부모님 살려 주고, 영웅 일은 영웅 일대로 하고 있고! 뭐가 문제야!!"

"근데 이게 또…… 이건 이거대로 재밌는데? 아예 던브링어 내용은 빼고, 네 오리지널 창작물로 가는 건 어때?"

"……흠?"

그리고 간혹 잘 쓴 사람들은, 원작의 내용을 덜어 내고 공모전에도 제출하기도 했으니.

1895년의 연말.

출판사와 작가 연맹에는 점점 많은 공모전 출품작이 쌓이면 쌓이지, 결코 줄어들지 않고 있었다…….

* * *

그리고, 이런 원고들이 올라오는 작가 연맹은 현재.
절찬리에 불타고 있었다.
"아, 그러니까 이번 건 역시 이, 〈황무지의 눈〉이 최고라니까!? 맥도날드 대표와 한슬로 진의 냄새가 풀풀 나는 아일랜드 판타지의 느낌이 안 느껴지는가!?"
환상 문학.
"웃기고 있네! 그거, 꽤 잘 다듬긴 했지만 결국 미숙하기 그지없는 애송이의 글이잖나! 난 역시 〈안타고노스〉여야 한다고 생각하네! 디아도코이의 분열 속에서 피어오른 위대한 영웅, 후계자의 고뇌를 잘 살린 작품이 아닌가!!"
역사 소설.
"허! 자네, 아직도 왕립 문학회에 미련이 있나? 잘 쓴 작품이란 건 부정하기 어렵지만, 대중성이 약하잖아, 대중성이! 지나치게 늘어지는 이 글의 어디가 찰스 디킨스 대선배님의 이름을 딴 문학상의 이름에 어울린다고 생각하나? 역시 〈주홍색 옷깃〉이 최고지!"
추리 소설.
"그건 자네가 셜로키언이라 추리 소설을 편애하는 거잖아! 자네는 어찌 시대의 흐름을 보지 못하는가! 아직은 고딕 소설의 시대야! 이 〈존 바이어(John Bayer)〉를 보게! 흡혈귀로서 흡혈귀를 사냥하는 좀비라니, 참신한 변용이 아닌가!"

고딕 소설.

"저는 역시 푸, 〈푸른 별〉이 조, 좋다고 생각해요……! 필력, 장르, 가슴 뛰는 아릿한 로맨스……! 연애소설도 충분히 우리 대중문학의 범위 안에 들어올 수 있는 시대라고 새, 생각해요!"

"그게 무슨 말이니."

연애 소설까지.

각자의 수만큼 취향이 있는 것이 작가들이고, 그 작가들을 무작위로 모아 놓은 곳이 바로 작가 연맹이었다.

그런 연맹에, 간만에 읽을 만한 재야의 신입들이 나 죽여 줍쇼~하고 원고를 들이밀었으니. 자연스럽게 작가 연맹의 살롱에서는 누가 낫네, 이게 낫네- 하면서, 서로의 문학관(文學觀)과 취향이 격돌하는 별들의 전쟁이 펼쳐질 수밖에 없던 것이다.

그리고 그 시간 가는 줄 모르는 토론이 밤늦게까지 이어지던 어느 순간.

뎅-뎅-뎅-뎅-.

괘종시계가 12시를 알렸다.

그리고, 그것을 본 모든 작가가 의관을 정제하고 벌떡 일어섰다.

러디어드 키플링 〈253〉

"아이쿠, 벌써 이런 시간이야?"

"집에서 애들 기다리겠네."

"그러면 작가님들, 다음에들 봅시다!"

그렇게 불타는 것 같던 분위기가 한순간에 가라앉고, 방금까지 침 튀기며 서로를 죽일 듯 노려봤던 작가들이 어깨동무하며 각자의 길로 흩어지기 시작했다.

평상시였다면 그 쓰는 사람들 특유의 종특을 적극 발휘하며, 위스키와 와인, 맥주를 그득그득 쌓아 놓고는 해가 뜰 때까지 토론(때로는 난투극일 때도 있었다)을 이어 갔을 텐데, 정말 극히 보기 드문 일이 아닐 수 없었다.

실제로 바로 어제까지만 해도 그러지 않았는가.

하지만 오늘만은 달랐다.

"그러고 보니 크리스마스 선물도 사야 하는데."

"저런. 웬만한 가게들은 이미 다 문 닫았을 텐데?"

"흠, 내 책이라도 줄까?"

"어쩔 수 없지. 감사히 받겠네."

"그러면 5파운드."

"야, 이 사기꾼아!"

즉, 이제 12월 24일.

영국의 제일 큰 연휴인, 크리스마스이브에서 새해 첫날 1월 1일까지의 연말 연휴가 시작되는 타이밍이었기 때문이다.

제아무리 영국의 자본주의가 가혹하다고 해도, 상식적

으로 남들 다 쉬는데 일하라고 했다간 그 대가리에 멍키 스패너를 아름답게 데코시켜 주고 싶은 게 사람의 심리.

아주 밑바닥 노동자가 아닌 이상, 대개의 영국인은 12월 23일에 그해의 일을 마무리하는 경우가 많으며, 다음 해 1월 2일부터 재개하는 것이 전통이다.

그리고 이것은 글 '노동자'인 작가들이라고 해서 크게 다르지 않았다. 흔히 연말 휴재라는 게 존재하는 것도 이것 때문이다.

보통은 그렇게 얻은 휴재를, 집이나 성공회 교회에 가서 감사성찬례(感謝聖餐禮)에 참석하는 게 보통이겠지만, 그렇게 사회성 좋은 사람은 작가 중에 극히 드물었다.

대신, 매번 보는 얼굴들을 이번에도 보기 위해 살롱에 와서 침 튀기며 뭔가 얻어 갈 수 있으려나, 하기에 작가들인 것이다.

그렇게 작가들은 자연스럽게 누군가는 자신들의 집으로, 누군가는 미리 잡아 놓았던 호텔로, 혹은 자주 가던 술집으로 삼삼오오 흩어져 사라졌다.

"이것 참, 이래서 작가들이란."
"하하하. 그래서 좋은 것 아니겠습니까."

그리하여, 남은 자리엔 셋.

연맹 대표 조지 맥도널드와 아서 코난 도일, 그리고 조지 버나드 쇼였다.

"그래서? 자네들은 집에 안 가나?"

"해야 할 일이 남았습니다."

"독신이우."

일순간, 맥도널드와 코난 도일의 동정 어린 시선이 버나드 쇼에 닿았다.

하지만 그런 것에 일일이 신경 썼다간 시대의 반골이 되지도 못한다. 그렇기에 버나드 쇼는 그저 당당하게 팔짱을 끼며 말했다.

"뭐요. 난 결혼보다 중한 게 있을 뿐이요."

"어련하시겠나."

"그래그래. 내가 물어서 미안하네."

그보다, 하고 맥도널드는 손뼉을 치며 말했다.

"우선, 고맙단 말을 하고 싶군."

"무슨 말씀이십니까, 대표님."

"내가 필요하다면서 부르던 게 엊그제 같더만, 못 보던 사이에 이미 자네 손으로 왕립 문학회를 다 조져 놓지 않았나. 허허허."

게다가 이런 자리까지 만들어 놓다니…….

조지 맥도널드는 푸근한 미소를 지으면서 작가 연맹의 작가들이 보던 공모전 원고들을 눈으로 훑었다.

〈황무지의 눈〉, 〈안타고노스〉, 〈주홍색 옷깃〉, 〈존 바이어〉, 〈푸른 별〉.

그리고 그에 못지않은 수많은 작품까지.

물론 이 작가 연맹에까지 올라오는 글들은 출판사나 그 출판사가 고용한 아르바이트, 예를 들어 서머싯 몸 같은 견습 작가들이나 주부들이 1차로 거르고 올려 보낸 것들에 가깝다.

 하지만 그게 무슨 상관인가?

 자신과 찰스 디킨스만이 있던 시절에 비하면, 대중문학의 틀 안에 이리도 많은 작품이 들어온 것이, 그것만으로도 조지 맥도널드로서는 격세지감을 느낄 수밖에 없는 일이었다.

 "내가 영국을 비운 사이에…… 대중문학은 여기까지 발전해 있었군."

 "앞으로도 계속 발전할 겁니다. 대표님."

 한슬로 진과 같은 젊은 작가들이 있다면, 반드시.

 아서 코난 도일은 힘주어 그리 말했고, 조지 맥도널드 역시 이에 미소를 지으며 화답했다.

 "물론 그럴 것일세. 나도 그에게는 많은 기대를 걸고 있어."

 그가 문학을 모든 이들의 것으로 만들어 주리라고 말일세. 조지 맥도널드는 그렇게 말하며 눈을 빛냈다.

 문학은 오랜 세월, 극히 일부 식자들의 것이었다.

 하지만 이상하지 않은가.

 거룩하신 하나님의 사랑은 상류층이나 귀족에게만 닿는 것이 아니다. 하나님의 보편적인 사랑은 설파하고 모

러디어드 키플링 〈257〉

든 사람이 구원받을 수 있다.

 그리고 세상 모든 것은 주님께서 사람에게 주시는 사랑일진대, 어찌하여 문학은 일부 상류층이나 귀족만이 향유 하는 예술이던가.

 만약 문학이 모든 사람의 것이 될 수 없다면, 그것은 하나님의 사랑이 아닌 것이고, 그렇다면 그것은 존재할 가치가 없다.

 그것이 조지 맥도널드라는 기독교인의 신앙이었고, 조지 맥도널드라는 작가가 대중문학을 쓰는 이유였다.

 그래서 왕립 문학회와 대립했고, 끝까지 추하게 몰락한 그들에게는 분노할 수밖에 없었다.

 "지금의 내가 할 수 있는 일이 뭐 있을지는 모르겠지만, 적어도 내가 이들의 앞길을 막는 일이 있어선 절대로 안 되겠지."

 맥도널드는 그렇게 말하면서 다시 한번, 공모전의 출품작들을 쓸어 보았다.

 그리고 이윽고 고개를 돌렸다.

 "들었네."

 아서 코난 도일과 조지 버나드 쇼에게 보이는 눈빛은 더없이 서늘했다. 물론, 그게 그 둘을 향하고 있는 것은 아니었다.

 오히려.

 "왕립 문학회 폐회 안이…… 부결되었다고?"

그 말에 조지 버나드 쇼가 고개를 끄덕였다.
"그렇소이다."

*　*　*

조지 버나드 쇼는 노동당 간부로서, 자유당과도 연관이 있는 정치인이기도 하다.

그렇기에 이번 기회에 왕립 문학회의 문을 완전히 닫아 버리고, 작가 연맹이 문학가들의 중심이 된다는…… 그런 계획을 추진하긴 했다.

결국 부결되었지만.

"물론 부결됐다는 것 자체에 실망한 것은 아니오."

바로 통할 리 없다는 것은 진작 알고 있었다.

어쨌든 선대왕, 조지 4세가 만든 협회다. 없던 것을 만드는 것만큼이나, 있던 것을 없애는 데는 많은 이권이 충돌한다.

부결될 때도 절반 정도의 표나 얻으면 다행일까 생각했었고, 본래 목적은 작가 연맹에 대한 지원이나. 이번에 피해를 입은 지망생들에 대한 특별법 정도가 전부.

그것 자체는 성공했다. 하지만.

"폐회 안에 대한 의회의 반대표가 생각 외로 많았소."

버나드 쇼는 씁쓸하게 말했다.

폐회 안에 던져진 반대표는 무려 3분의 2 이상.

그만큼 왕립 문학회의 영향력 자체는 아직도 건재하다는 뜻이었다.

 "어쩔 수 없지. 그토록 오래 묵은 돌이야. 당연히 빼내려면 그만큼 힘이 많이 들겠지."

 조지 맥도널드가 냉철히 말했다.

 그 역시도 분노하고 있긴 하지만, 동시에 그 분노라는 감정이 얼마나 눈을 흐리게 만들 수 있는지도 알고 있었다.

 그렇기에 최대한 냉정을 연기했다. 실제로 자신이 냉정하게 있기 위해서였다.

 "놈들은 영악하고, 언제든지 몸을 숨길 수 있네. 심지어 그럴 만한 돈도, 정치적 자산도 있는 자들이야."

 왕립 문학회의 자산은 대중이 아니다.

 부르주아, 귀족, 상원 의원들.

 시대의 흐름에 뒤처지고 있는 이들이지만, 누대로 걸쳐 런던의 기득권으로 군림해 온 그들의 힘은 결코 만만하지 않다.

 그들을 돌아 세우지 않으면, 왕립 문학회를 지울 수 없다.

 ─아무리 대중문학이 재밌다지만 왕립 문학회를 지우는 건 좀 아니지.

 ─애초에 말일세, 거기에 아서 코난 도일과 한슬로 진 빼면 뭐 남은 게 있나?

─애들이 좋아하니까 밀어주는 거지. 솔직히 아직은 그, 대중문학이란 거에 적응을 못 하겠어. 나 때는 말이야, 책이라는 게 그렇게 경박한 게 아니었다고.

근래 기이하게 그들과 거리를 두고 있긴 하지만, 본래 이 나라의 주인인 빅토리아 여왕 또한 그들. 기득권자들과 보수주의의 수장.

이러니, 왕립 문학회의 이름이 땅에 떨어졌다 해도 완전히 나락으로 보내긴 어렵다.

"참 부럽기도 하지."

조지 버나드 쇼가 비꼬며 말했다.

아직 원외 정당에 머물고 있는 노동당의 처지에서는 지독할 정도로 부러울 수밖에 없었다.

그야말로 '죽창'이 마려울 정도로.

능글맞게 흘려보내려 하긴 했으나, 결국 버나드 쇼는 감정을 못 이기고 이를 드러냈다.

그런 그를 향해 한번 고개를 끄덕여 준 조지 맥도널드는 그저 담담하게 말했다.

"다행히, 지금은 우리가 주도권을 갖고 있네. 아직은 승리의 바람도 우리를 향해 불고 있고."

대중문학은 대중의 편애를 받을 수밖에 없다.

그리고 그 대중은 전쟁이라도 터지지 않는 이상, 이 빅토리아 시대의 낙관적인 경제 발전에 힘입어 성장할 수밖에 없으니……

모든 이들이 기회의 평등을 받고, 한 명당 한 표를 받고, 경제적인 자유를 이룩하는 그 날이, 작가 연맹이 왕립 문학회에게 완전히 승리하는 그날이다.

물론, 그 말은 반대로 말하면, 대중이 약화될 때 그들 대중문학도 미끄러질 수밖에 없다는 소리기도 했지만.

조지 맥도널드는 서서히 눈이 내리기 시작하는 창밖을 보며 말했다.

"항상, 겨울을 대비하세."

* * *

─그런 이야기가 나왔었다네.

"으음. 다들 고생이 많군요."

─무얼. 할 만한 일이지.

해야 할 일이기도 하고.

전화선 너머로 아서 코난 도일의 피곤한 목소리가 들려왔다. 으음, 그 문제는 확실히 나도 고민이 많았다.

대중문학이 치이는 게 어디 하루 이틀이던가.

물론 문화라는 게 장강 물결처럼 뒷물이 앞 물을 밀어내면서 발전하는 거긴 하다.

하지만 조선 시대만 해도 패관잡기라고 박해받던 소설이 주류가 되니 참여소설을 배척하게 되었고, 뒤이어 참여소설이 주류가 되니 인터넷 소설을 무시하고, 그 인터넷 소설 중 SF를 받아들이는 등...... 꼬리에 꼬리를 무는 일은 역사적으로 언제나 있어 왔다.

그런 일련의 과정을 지켜보고 있노라면 개구리가 올챙이 적 생각 못 한다는 생각이 많이 들지.

그래서 나는 자신 있게 말했다.

"뭐, 괜찮을 겁니다. 너무 성급하게 움직이지 않는 게 더 좋을 거 같아요."

―흐음. 자신 있는 말투군. 마치 미래를 확신한다는 말투야.

"그야, 뭐...... 〈삼총사〉도 지금은 고평가받잖아요?"

'미래에서 보고 왔으니까'라는 말은 하지 않았다.

그저 메인스트림이라는 게 그렇게 발전한다고 얘기할 뿐.

물론 클래식 음악처럼, 있던 것을 점점 정제하고 형식화하여 발전하는 케이스도 많다.

하지만 소설의 발전은 좀 다르다.

아까 말했듯, 근현대 문학사는 대체로 올챙이 적 생각 못 하는 개구리가 연속되는 역사다.

이걸 바꿔 말하면, 지금 천대받던 올챙이들도 언젠간 개구리가 된단 뜻이지.

당장 나와 통화하고 있는 아서 코난 도일도 그렇지 않던가?

지금은 환상 문학과 같은 대중문학으로서 천시받고 있

지만, 21세기만 되어도 고전이자 명작 시리즈로 칭송받으며 그 문학적 위상을 부정하는 문학가는 단 한 명도 없다.

"결국, 시간이 해결해 줄 겁니다. 그때까지 우린 글이나 잘 쓰고 있으면 돼요."

―흐으으음…… 그랬으면 좋겠네만.

뭐, 알겠네. 라고 아서 코난 도일은 맥없이 한숨을 쉬며 말했다.

이 내용은 이걸로 대충 정리됐고…… 그보다, 하고 나는 짐짓 분위기를 바꾸며 말했다.

"새해 연휴인데, 이제 뭐 안 하십니까? 놀러 가신다든지."

―안 그래도 조만간 버크셔(Berkshire)에 갈 예정일세. 동생이 샌드허스트를 졸업하거든.

"……샌드허스트요? 혹시 기병과는 아니겠죠?"

문득 미스터 갈리폴리, 처칠과의 안 좋은 기억이 떠오른다.

그러고 보니 그 인간은 기병과였지. 근데 대체 왜 나중엔 해군 장관이 된 거야? 이쪽은 자세히 몰라서 정말 영문을 알 수가 없다.

중간에 갑자기 물이 좋아졌나?

그런 내 생각과는 별개로, 수화기 너머에선 마치 눈을 찌푸리는 듯한 아서 코난 도일의 목소리가 들려왔다.

―기병과라니…… 그건 돈 많은 귀족들이나 가는 밥벌

레들 소굴 아닌가? 내 동생은 포병과라네.

"포병이라…… 잘 갔네요."

―잘 간 건가? 난 잘 모르겠던데……

뭐, 영국은 해적 국가라서 잘 모르겠지만, 난 유사 이래 포격이라면 환장을 하는 화력 덕후 불지옥 반도국에서 군대를 나왔단 말이지.

포격, 포격, 더 크고 아름다운 포격이야말로 전장의 진리지. 아, 우리나라는 예로부터 불로 유령까지 쫓는 나라였다 아임까.

물론, 쏴 재끼는 것과 그걸 하기 위해서 필요한 노동은 완전 별개의 문제지만.

아무튼 그게 아니라도 전면에서 생지랄 하는 다른 것보다는 그래도 후방에 위치하는 포병이 위험도 좀 덜하지 않을까? 하는 생각도 있고.

―그, 그런가? 으음. 자네 나라 얘기는 언제 들어도 참…… 신선해.

"뭐, 그게 아니더라도 당분간 전쟁 터질 일도 별로 없으니 장교 정도면 잘 나온 거 맞죠."

세계 1차 대전이 20년 뒤지? 지금 졸업생이면 20년 뒤에는 뭐, 뒤에서 말판 놓는 영관급 정도는 되겠지.

한국도 그랬지만 쭉 장교하는 것도 쉽지 않은 일이고. 전역해서 사회 고위층으로 느긋하게 사는 게 최고다.

이 시대는 아직 장교 출신이란 게 스펙이 되는 시대니까.

러디어드 키플링

―흠, 그렇게 말해 주니 고맙군. 나중에 한번 우리 집에 오게. 안 그래도 한번 소개시켜 주고 싶은 사람이 있었는데.

"소개요? 혹시 그분도 소설가인가요?"

　―그런 사람도 있고, 그게 아닌 사람도 있고…… 아니, 근데 자네는 진짜 무슨 일 중독인가? 무슨 사람이 동종 업계 사람만 만나나?

"아뇨, 그냥 돈 버는 게 재밌을 뿐인데요……."

　아니, 거 왜 이 시대 사람들은 그런 생각 안 드나? 내 통장에 돈이 쌓인다! 보기만 해도 배가 부르다! 그런 거 말이다.

　그리고 소설가를 만나는 것도 별것 없다. 그냥 덕질하는 거지.

　대충 만나도 문학계의 한 획은커녕 여러 줄 긋는 사람들인데 당연히 의욕적이지 않겠나?

　느낌적으로는 뭐…… 대충 자기가 평생을 바쳐서 한 게임에 빙의하여 주인공들 꽁냥 대는 걸 즐기는 느낌이다. 아, 이걸 어떻게 참아.

　심지어 하기에 따라서는 그게 곧 잭팟을 터트리면서 내 주머니를 살살 채워 주는 역할도 하니 즐기지 않을 수가 없지.

　사인본에 편지만 해도 낭낭하다.

　정조의 어찰첩은 12억에 팔렸고, 이베이에서도 뭔 편

지가 30억인가에 낙찰되었다는 이야기가 있을 정도니까.

쥘베르에게 받은 비공개 원고 같은 것도 있고.

게다가 나도 그렇게 사람들을 만나고 이야기하며 새로운 영감을 얻을 수 있다.

작가란 상어와도 같아서 헤엄치는 것을 멈추게 된다면 그대로 수명을 다하는 생물.

그들을 만나서 얻는 여러 영감들은 당장은 몰라도 앞으로 활동에 큰 도움이 될 게 분명하니까.

하지만 내 그런 생각에도 불구하고 아서 코난 도일은 여전히 풍한 목소리였다.

―자네는 정말…… 휴. 아무튼 알겠네. 그러면 연휴 끝나기 전에 한번 보세.

"예에. 언제든요."

그렇게, 이상할 정도로 한숨을 푹푹 쉬는 아서 코난 도일과의 통화가 끝났다.

그러자, 마치 기다렸다는 듯 저쪽 기둥에서 빼꼼! 하고 고개를 내밀던 매지가 밀러 씨와 함께 다가와 말했다.

"핸슬!"

"핸슬, 통화 끝났나?"

"아, 예. 밀러 씨."

"잘됐군. 마침 준비도 다 끝났다고 하네. 내려오지."

"하하, 네 알겠습니다."

뭐, 당분간은 나는 물론이고 밀러 씨 가족도 애쉬필드

로 내려가지 않고 런던에 있을 예정이긴 했다.

그도 그럴 게.

"좋아! 훌륭해!!"

짝짝짝짝-!!

박수와 환호성을 받고 있는 무대 위에서, 숨을 몰아쉬는 시드니 채플린의 눈이 반짝였다.

하지만 그 눈빛조차, 무대 아래에서 박수를 치고 있는 오스카 와일드, 그리고 리하르트 슈트라우스보다.

그리고.

"이걸로 크리스마스 기념 공연은 완벽해! 다들 수고했네!"

사보이 극장주, 리처드 도일리 카르테 씨보단 반짝이지 않았을 것이다.

그의 눈에서 흐르는 눈물이, 오랜 부진 끝에 마침내 흥행할 수 있는 공연을 올린다는 안도감. 그리고 핍박과 모멸의 시간을 견뎌 낸 인고의 마음을 반영하고 있었다.

"하하, 저도 기쁩니다."

"흐, 흐흥. 역시 나는 오리지널도 훌륭하지만, 각색도 훌륭…… 으어어억!"

"하하, 카르테 씨도 고생했습니다."

슈트라우스와 오스카 와일드, 그리고 내가 카르테 씨를 위로하며 말했다.

이번 시사회에서 오랜만에 만난 거긴 하지만…… 슈트

라우스도 오스카 와일드도 피골이 상접해 있었다.
 으음, 꽤 고생을 많이 했나 보군.
 "좋습니다. 앞으로 일주일!"
 크리스마스에서 새해 첫날까지의 연말 시즌.
 사보이 극장, 연극 〈피터 페리와 요정의 숲〉 개막!

* * *

 "하, 이 건방진 것들이."
 미국에서 출발하여, 런던으로 입항하는 배 안.
 몇 달 치 신문을 쌓아 두고 한꺼번에 읽고 있던, 유난히 키가 작은 대머리 신사는 코웃음을 치며 중얼거렸다.
 "'찰스 디킨스 문학 공모전'이라…… 하! 나 원 참."
 간도 쓸개도 다 내주고, 천박한 글귀나 끄적이는 것들이 이제는 저희들의 시체를 꺼내 엠바밍했다는 뜻인가.
 '저 천박한 대중 문학가들이나 할 법한 일이로군.'
 물론 신사 역시, 어느 정도 대중문학의 위력은 인정했다. 그래서 그런 글을 '한 번' 정도는 써 봤다.
 하지만 그건 어디까지나 계도의 영역!
 아무리 천한 인도인일지라도 인간인 이상, '모글리'가 호랑이 칸보다 우월하듯. 제아무리 덜떨어졌다 해도, 백인은 그 어떤 유색인종보다 우월하다. 이것은 신께서 정해 놓으신 자명한 이치.

러디어드 키플링 〈269〉

이와 마찬가지로 어떤 짓을 하더라도 순수문학은 대중문학보다 우월할 수밖에 없었다.

천박한 시녀가 제아무리 돈을 잘 벌었다 한들, 태생적으로 귀족의 영애보다 기품 있을 리가 없는 것이다.

그는 진심으로 그렇게 믿었다.

그렇기에.

"키플링 씨, 어서 오십시오."

"미리 말해 두지요. 할스베리 백작이 미리 약속한 것과 같은 것을 제공하시오. 그렇지 않으면 댁들과의 거래는 응하지 않을 겁니다."

"여부가 있겠습니까."

"그럼 좋소."

러디어드 키플링.

왕립 문학회 고문 회원으로 런던에 강림!

연말 시즌

런던, 서머싯 하우스.

"흠."

왕립 문학회에 고문으로 초빙된 러디어드 키플링은 땅딸막한 다리로 탁자에 발을 올렸다.

회장이 없는 지금, 지금 그를 막을 수 있는 회원은 없었다. 그렇기에, 그는 사실상 회장의 자리에서 무소불위의 권력을 휘두르며 모든 서류를 검토하기 시작했다.

그리고 내린 결론이.

"개판이군."

"마, 말이 심하시구려."

"말이 심해?"

키플링은 코웃음을 치며 고개를 저었다.

더없이 거만한 태도였지만, 입을 연 왕립 문학회원을 포함해 그에게 반박할 수 있는 사람은 없었다.

그도 그럴 게.

"그러면 날 불러오기 전에 댁들이 먼저 뭔가 성과를 냈어야 하는 거 아니오? 왕립 문학회랍시고 한다는 짓이 뭐? 아서 코난 도일을 후원해? 삼류 잡지를 이용해 연재소설을 구축(驅逐)해?"

천박하기 그지없는 계책이지만 성공했다면 상관없었을 것이다. 성공했다면.

하지만.

"실패했잖소! 전부! 이래 가지고 대체 무슨 할 말이 있단 말인가!?"

원래 역사는 결과로 증명하는 법이고, 패장은 말이 없는 법이다.

기책도 성공해야 기책이지 실패하면 왜 이렇게 했는지 이해가 가지 않는 똥 같은 전술일 뿐.

왕립 문학회원들은 고개를 돌리며 조용히 입을 다물 뿐이었다.

그저 그 작은 몸에서 어떻게 그런 노성이 터져 나올 수 있는가. 의아해하면서 말이다.

그러면서도 하는 말 하나하나가 그들의 폐부를 찔러 댔다. 키플링이 괜히 인기 작가이자 저널리스트가 아니라는 것을 증명하듯이.

만약 그들이 관료였다면 명확히 드러난 실책에 할 말이 없었겠지.

하지만 그들 역시 나름 문학가다. 심지어 예술가로서의 자부심은 저 대중 문학가들보다 높은 이들.

그리고, 예술가는 때로 실적보다 감성에 의존하는 경우가 많은 법이다.

"……그러면 뭘 어쩌란 말이오."

"그렇소. 우리 왕립 문학회는 행보 하나하나에 품위를 가져야 한단 말이오."

"이제 겨우 미국에서 오신 분이 뭘 할 수 있는지 궁금하구려."

서서히 피어오르는 불만 섞인 목소리에, 키플링은 재차 코웃음 쳤다. 요컨대 저 목소리를 요약하면 이런 얘기 아닌가.

'솔직히, 댁이라고 우리보다 잘난 게 있소?'

키플링의 이름값이라고 해 봤자 결국 굴러 온 돌이라 이거겠지.

그리고 이에 대해서 키플링의 답 역시 간단했다.

물론, 없다.

러디어드 키플링은 그것을 너무나 명확히 알 수 있었다.

그는 귀족 출신도 아니고, 런던 시민이었던 적도 드물다. 심지어 고향은 인도 뭄바이.

만약 왕립 문학회가 이렇게까지 몰려 있지 않았다면, 저들이 그를 초청할 일은 없었겠지. '전' 회장이 그를 초청하면서 원한 것은 결국 그것 아닌가?

그렇다면, 보여 줘야지.

"물론, 당연히 있소."

그들에게 앞서는 '실력'이라는 것을.

"댁들은 전혀 이해를 못 하고 있소. 왕립 문학회가 설립된 이유가 무엇이오? 대중…… 아니지, 유권자들과 독자들이 우리 왕립 문학회에 원하는 바가 대체 무엇이겠소?"

"그야…… 대영 제국의 문학을 연구하고 증진시키기 위함이 아니오?"

"무슨 귀신 씻나락 까먹는 소리요! 그딴 건 대학에서나 하는 거지."

쯧쯧, 이렇게 순진해 빠져서야.

키플링의 입가에서 혀를 차는 소리가 흘러나오자, 자신 있게 답을 냈던 회원의 얼굴이 벌겋게 물들었다.

그리고 키플링은 반박할 여유조차 주지 않은 채 단언했다.

"지극히 간단하오! 우리 대영 제국이 남들보다 우월하다는 것! 이것을 보여 주기 위한 도구가 바로 왕립 문학회일 따름이지!"

대영 제국의 문학적, 그리고 문화적인 위상을 드높인

다. 그것만이 왕립 문학회의 존재 이유다.

키플링은 그렇게 말하며, 신문 하나를 꺼내 흔들었다.

다름 아닌 이번 공모전 광고가 실린, 조지 눞스 사의 신문이었다.

"자, 한번 생각해 보시오! 어째서 이, '작가 연맹'이라는 천박한 자들의 모임이 소위 '공모전'이라는 것을 열었겠소? 간단하오! 우리가 이렇게 재력이 있다. 그러니 우리 편이 되어라, 라는 뜻이지!"

나쁘지 않은 방법이긴 했다.

그리고 실제로 효과가 있어 보이기도 한다.

하지만 인도에서 촉망받는 저널리스트였던 키플링은 이 공모전의 단점을 쉽게 꿰뚫어 볼 수 있었다.

그것은 바로 공모전 특유의 단점.

장르와 분야를 불문하고, 공모전은 예나 지금이나 인력과 재력, 그리고 심력이 심각하게 낭비되는 불필요한 일이다.

고작 아이디어 몇 개 구하자고 대대적인 광고를 하고, 비싼 상금을 주고, 또 한편으론 누가 장난질 치진 않았나를 생각하며, 하나하나 검사해야 하는 고역이 너무 크다.

그럼에도 이런 이벤트를 여는 이유는 간단하다. 엑스포와 마찬가지.

"'우리가 이런 공모전을 열 수 있을 만큼 부유하고 여유롭다'라는 것을 홍보하기 위함인 것이오."

연말 시즌 〈277〉

즉슨, 상이라는 것은 받는 자보다 그것을 주는 자의 권위를 드높이기 위해 하는 것이다.

러디어드 키플링은 그렇게 설명했다.

그래서, 실로…… 건방진 일이다.

물론 돈은 좀 있을지 모른다. 하지만 그것이 대중에 아양 떨어서 번 푼돈임은 변하지 않지 않는가.

왕립 문학회의 재력은 다르다.

그들의 재력은 유서 깊은 귀족가에서 나오며, 그 양은 그들의 세대에서는 다 쓰지도 못할 정도로 압도적이다.

즉.

"우리도 문학상을 제정해야 하오. 단! 공모전처럼 쓸데없이 대중에게 퍼 주는 게 아니라, 이 시대의 진정한 문인(文人)! 인문학의 새 지평을 연 자에게 상을 주어야 하오."

그리고 그것을 알아볼 능력이 있는 단체, 그것이 바로 왕립 문학회라는 것을 홍보하는 것이다.

"말은 좋지만, 누굴 준단 말이오?"

"줄 사람은 이미 정해 놨소."

"뭣? 내정자를 둔단 말이오?"

"당연하지 않소. 어차피 결정은 우리가 하는 건데 뭐가 문제가 될까."

들러리만 세워 두면 되는 거지.

키플링이 히죽 웃으며 말했다.

말했듯, 이것은 대영 제국의 위상을 드높이기 위한 상이다.

그렇다면, 최대한 국적에서 초탈한 것이 좋다.

정치색도 드러내면 드러낼수록 좋다. 다만, 친정부적인 것보단 반정부적이란 이유로 박해받는 자여야 한다. 그래야 문학적으로 반골의 느낌이 팍팍 나니까.

마지막으로, 그 상을 받는 것이 대영 제국에 도움이 된다면 금상첨화다.

즉.

"러시아인이군."

"바로 그거요."

키플링이 고개를 끄덕였다.

크림 전쟁의 예시에서 보듯, 나폴레옹 전쟁의 제1, 제2 승전국인 제정 러시아와 대영 제국은 서로 전쟁만 안 하고 있을 뿐 실질적인 전쟁 중인 관계.

영국인들은 언젠가 러시아가 저 중앙아시아 톨게이트(?)를 넘어 왕관의 보석, 즉, 인도 아대륙을 빼앗아 가리란 공포에 시달리고 있었다.

자신들도 그랬으니까.

반면 민생경제는 파탄 나 있는 상황, 그리고 러시아는 신기하게도 경제가 조져지면 조져질수록 문학적 특이점이 자주 나오는 괴랄한 나라다.

그리고 마침, 그 러시아에 그들조차 인정할 수밖에 없

는 대문호가 한 명 살고 있었으니…… 심지어, 천성적인 반골로 유명했기에 그들의 니즈에도 딱 맞은 인재였다.

"레프 톨스토이(Лев Толстой)를 새로 제정할 문학상— 존귀하신 여왕 폐하의 성함을 빌려, 빅토리아 문학상의 수상자로 내정하리다."

물론, 당사자의 허락은 받지 않았다.

당사자인 빅토리아 여왕이 들었다면, 그런 무정부주의자에게 어찌 자신의 이름을 딴 상을 주냐며 길길이 날뛸 만한 일이었다.

* * *

크리스마스.

21세기 대한민국에서도 대목이 아닐 수가 없는 시기다.

평상시 꽁꽁 묶여 있던 지갑은 그 입이 가벼워지고, 다이어트를 하던 사람들에게 좋은 치팅 데이가 되며, 게임사들은 대대적인 크리스마스 겸 새해 이벤트를 연다.

TV에서는 그해의 대목 영화들을 다시 틀어 주기도 한다.

어떻게 보면 한 해의 문화 행사가 종합되는 대목 중의 대목이라는 뜻이다.

그리고 문화는 늘 그렇듯, 남들 놀 때 일해야 큰돈을 버는 법이다.

그래서.

"로열 하이마켓(Royal Haymarket)으로 오십시오! 금시대 최고의 고딕 소설! 〈트릴비(Trilby)〉의 연극을 개봉합니다!"

"드루리-레인(Drury Lane)! 드루리 레인의 팬터마임을 보러 오시오! 무적함대(웃음)의 배꼽 빠지는 코미디! 가족에게 최고의 추억을 남길 수 있습니다!"

"사보이 극장, 〈피터 페리와 요정의 숲〉입니다!! 〈피터 페리〉의 연극을 상영합니다!"

모두가 다 쉬는 이 크리스마스에, 극장가의 호객꾼들은 열심히 팸플릿을 돌리고, 신문사에 광고를 뿌려 댔다.

그리고, 여기서 승리한 극장은 바로.

"ㅎㅎㅎㅎ!! 보십시오, 작가님! 매진입니다, 매진!!"

"축하드립니다. 카르테 씨."

당연히, 우리 〈피터 페리와 요정의 숲〉이다.

방금도 내가 한번 보고 왔는데, 극장에 자리가 없을 정도로 꽉꽉 들이찼더라. 심지어 매진 팻말을 걸어 놨는데도 밖에서는 아직도 자리를 구하는 사람과 암표를 파는 사람이 대놓고 있을 정도니…….

원작자인 덕에 박스석에 앉을 수 있는 게 정말 다행이다.

뭐, 이 흥행이 내 원작이니 당연히 그래야지…… 라고 자만할 생각은 전혀 없다.

나머지 곳들도 쟁쟁했으니까.

대표적으로 〈트릴비〉는 제법 잘나가는 프랑스계 영국인 작가이자 삽화가인 조지 뒤 무리에(George du Maurier)의 어…… 세계 최초의 최면(催眠)물이다.

사람의 마음을 조종하는 모습이 인상적으로 그려진 작품이었지.

평소라면 그야말로 자웅을 가릴 만한 작품이었으나…… 그런 작품을 〈피터 페리〉가 압도적으로 이길 수 있었던 이유는 역시 크리스마스라는 시기적 버프가 있었기 때문이 아닐까 싶다.

상식적으로 가족과 시간을 보내는데, 인기 여가수가 최면 아저씨에게 조종당하는 NTR 치정극을 보러 갈 수 있나.

즉, 타이밍이 안 좋았다는 거다.

여기에, 추가 치트키.

나는 파김치가 되어 있는 오스카 와일드와 리하르트 슈트라우스를 옆에서 흘낏 보며 말했다.

'이, 이 천재를 이렇게 다루다니…….'라든가, '파울리네…… 파울리네…… 보고 싶어……!'라든가 하는, 뒤틀린 황천의 목소리가 들리는 걸 보니 정말 어지간히도 고생한 모양이네.

난 지나친 통조림의 후유증을 겪고 있는 불쌍한 영혼들을 보며 가볍게 성호를 그었다.

저들에게 안식이 있기를.

그리고 그런 그들을 흐뭇하게 보던 리처드 도일리 카르테는 일류 극장주답게 웃으며 말했다.

"흐흐흐흐. 이러니저러니 해도 이 런던에서 제일가는 유명 작가에, 그에 못잖은 독일의 작곡가 아니겠습니까? 저런 이름들을 갖고 있는데 인사 내보내지 않으면 아깝지요."

"하, 하하. 뭐 그렇죠."

나는 어깨를 으쓱이며 고개를 끄덕였다.

현대 한국에서도 감독, 극작가가 이름을 얻으면 그 사람들을 예능프로 내보내서 홍보하긴 하니까.

즉, 이건 우리 무기를 적절히 쓴 거란 뜻이다. 아 억울하면 님들도 셀럽 데려오던가?

그 외의 상황들도 모두 문제가 없었다.

연일 모여드는 사람들로 인해서 일정이 다소 팍팍하게 짜이긴 했지만, 배우들에게도 휴식 시간이 적당히 배분되긴 했으며, 밥도 든든하게 먹이고 있다는 모양이다.

뭐, 21세기 관점으로는 그래도 혹사가 아닌가 싶긴 한데. 오히려 대우가 좋다고 날아다니는 것을 보면 이 시기 사람들이 터프하긴 하다.

이러니까 데드볼 시대다 뭐다가 존재했던 거겠지.

아무튼.

"알겠습니다. 그러면 저도 걱정 없이 돌아가 보지요."

"하하하, 조만간 또 한 번 밀러 씨와 보러 와 주십시오. 작가님께서 말씀만 하시면 언제든지 박스석을 비워 두겠습니다."

"에이, 그건 좀."

박스석은 극장에서 최고급으로 치는 비싼 좌석 아닌가.

아무리 원작자라지만 그걸 매번 얻을 순 없는 노릇이다.

난 적당히 만족했으니 더 많은 이들에게 즐거움을 나누는 게 좋겠지.

아무튼 그런 카르테 씨의 너스레에 웃음으로 돌려보내며 극장을 나오던 순간.

"오, 한슬로! 마침 만나는군."

"어, 어라?"

나는 박스석 쪽에서 나오던, 한 살배기 아기를 안은 젊은 부부와 마주쳤다.

특히 남자 쪽은 익숙했다.

그도 그럴 게.

"와, 왕세손 각하?"

"그래, 직접 만나는 건 꽤 오랜만이로군."

쾌남다운 미소를 지어 보이는 그. 내 시선은 자연스레 세손의 손을 잡고 있는 여성분에 향하게 되었다.

그렇다면, 저쪽은?

"인사하게. 내 아내일세."

"메리라고 해요. 한슬로 진 작가님."

              * * *

"정말 뵙고 싶었어요, 작가님."

"하, 하하. 그런가요?"

"네, 세손께서 오죽 그렇게 자랑하시던지."

메리 왕세손비는 그렇게 말하며 가볍게 조지 왕세손을 흘겨봤다. 왕세손은 크흠, 하고 헛기침을 하면서도 장난스러운 어투로 말했다.

"내가, 그랬던가? 난 그저 당신이 듣고 싶을 거라 생각해서……."

"듣고 싶긴 했지요. 그런데 저보다 말하는 세손께서 더 신나지 않으셨습니까."

"크흠, 흠."

조지 왕세손은 슬며시 시선을 피하는 시늉을 했지만, 그건 시늉뿐이고 시선은 확실하게 아내에게 향하고 있었다.

그리고 그 안에는 틀림없이 애정이 들어가 있다. 그것도 과다하게.

딱 봐도, 깨가 떨어지는 부부라는 게 눈에 보인다.

신기하기도 하지, 정략혼으로 시작한 사이인데다 원래는 형수가 될 사이였는데도 이 정도로 잘 맞다니.

게다가, 기시감도 느껴지는 게 어쩐지 두 사람을 보고

있으면 뭐랄까…… 좀 더 철없는 버전의 밀러 씨가 조지 왕세손에게 오버랩된다.

물론 메리 왕세손비는 클라라 부인과는 좀 안 닮긴 했다.

조용하고 사근사근한 목소리인 건 비슷한데, 클라라 부인은 약간 붕 떠 있는 느낌이라면, 메리 왕세손비는 무게감을 갖춘 조용함이랄까?

아무튼 갓 인기를 얻고 있던 내 작품을 어떻게 결혼식의 들러리로 세울 생각을 했는지, 전부터 궁금하긴 했는데…… 이런 성격이라면 확실히 목소리를 높이지 않고도 원하는 것을 얻을 수 있는 성품일듯하다.

"어쨌든, 오늘은 연극을 보러 오신 겁니까?"
"아, 그렇지. 재밌게 보았네."
"원작과 많이 달라서 그건 좀 아쉽지만, 다른 매력이 있는 좋은 연극이었어요. 작가님."
"하하, 감사합니다."

하긴, 각색이 많이 들어가긴 했지.

나는 메리의 말에 고개를 끄덕이며 말했다.

이는 루이스 캐럴과 협업할 때와 비슷하다. 탐미주의의 극치인 오스카 와일드와 웹소설에서 다져진 내 필체는 극과 극을 달린다.

그래서 오스카 와일드는 각 장의 하이라이트 부분에서 좀 더 오페라스러운 아리아를 넣었고, 절정 부분에선 대사가 좀 더 임팩트를 가질 수 있도록 코러스와 화음까지 추가했다.

사실 이쪽은 나도 원래는 잘 몰랐던 부분인데, 역시 오스카 와일드라 싶더라.

옆에서 잘난 척하면서 자기가 어떻게 각색했고 그래서 이게 어떤 효과를 얻는지 대놓고 설명하는데, 그걸 듣기만 했는데도 희극에 문외한이었던 내가 개안을 하는 기분이었으니까.

"그 이야기를 들으면 각색가인 오스카 와일드도 좋아할 겁니다."

"흐음, 그 오스카 와일드라는 작자가 이 방을 쓰는 작자인가?"

"아, 예. 그렇죠."

나는 왕세손의 말에 각색실을 둘러보았다.

사실 중년 아저씨가 통조림 당하는 곳이다 보니, 각색실이라기보단 자취방의 냄새가 더 강하다.

으음…… 역시 좀 더 세련된 곳으로 안내했어야 했나?

하지만 지금 극장이 전부 바쁘고, 왕세손도 나름 사람을 꺼리는 성품이라 조용히, 연극으로 엄청난 인파가 몰린 극장에서 남들 눈에 뜨이지 않게 대화할 만한 곳은 지금 이곳밖에 없었다.

방 주인인 오스카 와일드? 그 인간은 지금 카르테 씨한테 목줄 잡혀서 인사 다니느라 바쁘다.

"아, 이곳이 나쁘단 이야기는 아닐세. 나도 나름 해군 출신이야, 이것보다 더 심한 곳에서도 지내봤지. 지금 집하고도 비슷하군."

"크흠, 흠."

드문 일이다.

그 아내를 좋아하던 조지 왕세손이, 이런 일에는 고집을 부리고 있었다.

흠, 그러고 보니 지금 집도 서민 냄새 풀풀 나는 조용한 집이라든가.

"내가 불만인 건 아내 말대로 각색했다는 부분일세. 왜 굳이 각색했나? 그것도 오스카 와일드 같은 작자랑."

"아니, 뭐 그건 어쩔 수 없죠. 그런 노다지, 아니 금덩어리를 주웠는데 안 쓸 수가 있었겠습니까?"

솔직히 말해 난 진짜 오페라에 대해서는 진짜 몰랐으니까. 클래식도 가끔 영화나 애니에서 들은 게 고작.

그러니 내가 어떻게 주도를 하겠어. 원래 약은 약사에게, 병은 의사에게 맡기는 거다.

하지만 그런 내 모습을 그는 그렇게 받아들이지 못한 듯했다.

"핑계는. 쉬고 싶어서 그런 거 아니었나?"

"앗, 어떻게 알았지."

나는 조지 왕세손이 내가 프랑스로 요양 간 것도 꾀병인 걸 이미 알고 있었다는 이야기를 듣자 깜짝 놀랄 수밖에 없었다.

"아니, 그건 또 어떻게 아셨습니까."

"왕가의 정보력을 우습게 보지 말게나. 이래 봬도 자네가 모르는 곳, 아는 곳에 비밀스러운 눈이…… 윽."

"세손 각하도 참."

조지 왕세손은 메리 왕세손비에게 찔린 허벅지를 쓰다듬으며 아파했다.

그런데 비밀스러운 눈이라…… 흠, 그러고 보니 영국은 007. 제임스 본드의 고향이었지. MI6도 음모론의 단골 소재고.

보아하니 아직 설립되지는 않은 거 같지만, 그래도 은밀히 활동하고 있는 무언가들이 있긴 한가 보다.

흐으음…… 다음 소설은 첩보물로 해 볼까.

아, 일단은 눈앞의 셀럽들이 먼저지.

"크흠. 하여튼 요양은 아니더라도 제 나름대로 독자들을 진정시키기 위해선 어쩔 수 없었습니다. 하는 김에 챙기지 못했던 휴가도 좀 챙기고요."

"흠. 확실히 휴가는 중요하지. 그런데 그럴 거면 요크에 오지 그랬나. 나도 내 집을 보여 주고 싶었는데 말이야."

"하, 하하. 다음엔 꼭 그러겠습니다."

말은 그리했지만 아마 쉽진 않을 거다.

아니, 어떻게 그러겠냐. 아무리 털털한 친구라고 해도

왕족의 집에 그냥 막 놀러 가라고? 무슨 깡으로?

난 도저히 그러고 싶지 않다. 난 그냥, 가늘고 길게 살고 싶다고.

"덕분에 내가 직접 여기까지 오지 않았는가. 반성하시게."

"크흠. 그거야, 죄송합니다만…… 솔직히 왕이 되실 분이라면, 가끔 수도에 들러 백성들의 삶을 살펴야 하지 않겠습니까? 조선에선 그걸 암행(暗行), 그러니까 시크릿 트립이라고 하는데요."

그렇게 나는 이성계가 성계탕 먹은 얘기라던가, 숙종이 풍수사 만난 썰을 쭉 풀었다.

이것도 다 인터넷 밈으로 배운 지식이지만. 그래도 비슷한 왕족의 이야기라 그런가, 왕세손 부부도 나름 재밌어 하는 것 같고.

좋아, 말 돌리기 성공했다.

그렇게 생각한 그때.

"으애애애앵."

"아, 이런. 에드먼드."

메리 왕세손비가 황급히 침대에 눕혀 두었던 아기, 에드먼드에게 달려갔다.

이런, 벌써 시간이 그렇게 지났나?

나는 메리 왕세손이 살짝 눈치 주는 것을 빠르게 눈치채고 벌떡 일어나 말했다.

"그러면 왕세손 각하, 오늘도 즐거웠습니다."
"어? 벌써 가나?"
"아, 예. 저도 좀 일이 있어서요."
"이런…… 알겠네. 그러면 다음엔 자네가 우리 요크에 들르게. 알겠나? 꼭일세."
"아하하. 예. 기회가 되면 그러겠습니다."
"메리, 그러면 우린……."
"잠시만요, 세손 각하……."

나는 부부가 아이를 다루는 시간을 가지라고 빠져나와 주었다.

"으음. 그건 그렇고……."

저 침대, 오스카 와일드가 쓰던 거 맞지?

미래의 국왕 폐하께 이상한 물은 안 들었으면 좋겠는데.

* * *

―이곳이 아카데미아의 도서관이구나.
―네, 여기에 있는 리스라면 분명, 엑스칼리버가 어디에 있는지 알고 있을 거예요!

피터 역을 맡은 배우가 고개를 끄덕이며 이동한다.

정확히는 피터 역 배우는 그저 제자리걸음 할 뿐이고, 주변으로 다른 요정의 역을 맡은 인물들이 움직여 주는 것에 불과했으나. 그것만으로도 좁은 무대 위의 모습이 생동감 있게 느껴졌다.

그리고, 도착한 도서관에서는.

―여기에 얽혀 있는 전설에 대해서 말해 줄까?

요정의 날개를 단, 중성적인 외모의 꼬마가 그 여린 목으로 아리아를 독주한다.

―가장 깊은 곳에 묻힌 비밀의 호수.

―그곳은 위대한 요정의 거처.

―배신당한 왕이 영원한 꿈을 꾸는.

―시간이 멈춘 머나먼 이상향.

박스석에 앉은 노부인은 눈을 빛내며 노래하는 유아를 바라보았다.

저 나이에 저 정도로 완벽한 발성에, 완벽한 박자감이라니.

예전에 보았던 빈 소년 합창단에 견주어도 결코 뒤떨어지지 않았다.

―그곳에 묻힌 검은 오오, 서른 개의 횃불을 합친 것보다 밝게 빛날지니!

―그림자에 숨은 자들을 비추고, 찬란한 불꽃을 일으켜 망령들을 태우리라!

장래가 매우 유망하군.

노부인은 고개를 끄덕였다. 하지만 그럼에도 지금 맡은 역할은 인기가 제일 떨어지는 리스다.

그녀가 느끼기엔 지금 무대에서 연기하는 사람 중 제일 잘하는 아이인데도 말이다.

'필히 경쟁에서 밀렸다는 거겠지.'

실력이 아니라면, 필시 집안의 문제일 터.

노부인은 후원이 마려워졌다. 그녀가 그렇게 찾던, 이 대영 제국의 문화산업의 미래를 책임질 인재라면 기껏 돈 몇 파운드가 아쉬울까.

―고마워, 리스.

―아니에요, 피터. 그러면 부디 무사하기를 빌게요.

'흐음. 닮았군.'

그렇게 생각한 노부인은 극장 앞에서 배부했던 팜플릿을 보았다. 작은 글씨로 쓰여 있었지만, 배역은 알아볼 수 있었다.

피터 역, 시드니 채플린.
이루릴 역, ······
······
······
리스 역, 찰리 채플린.

'채플린이라.'

형제인가.

고개를 갸웃거린 노부인은 그 문제는 잠시 신경 끄기로

했다. 일단은 나중에, 자세한 것은 레이스 대위를 시켜 알아볼 생각이었으니까.

'이런, 또 쓸데없는 생각을 해 버렸군.'

틈만 나면 일에 대해서, 혹은 연결해서 생각하는 것. 그녀의 안 좋은 버릇 중 하나였다.

일종의 직업 병 같은 거라 봐도 좋겠지.

아무튼 그 아깝고 아까운 시간을 쪼개 가면서 만들어 온 게 아니던가, 그것도 굳이 같이 가자는 손자 부부의 요청까지 무시하면서 말이다.

그런 만큼 지금은 공연에 집중해야 할 때.

그녀는 다시금 무대 위를 뛰어다니고 있는 아이들을 향해 시선을 향하고는 연극에 집중했다.

'흐음, 확실히.'

퀄리티가 상당히 높다. 사보이 극장주가 꽤 많은 공을 들였다고 들었는데, 그래서 그런가?

원작이야 그녀가 원래 아는 것이니 그렇다 치자. 하지만 명백히 아동 소설에 가까웠던 〈피터 페리와 요정의 숲〉은, 그 타깃 층이 명확해 어른들이 보기 어려운 면이 있었다.

그런데 지금 이 연극은 각색인 오스카 와일드가 자기식의 탐미주의와 요정들의 아름다움에도 흠뻑 집중시킨 결과, 박력 있는 임팩트가 강한 대사와 연출이 가미되었다.

'갇혀서 글만 쓰고 있다더니 다행이군.'

솔직히 그 재능은 정말 빛나는 자 아닌가.

직접 손을 대기엔 너무 지저분해서 내버려 두곤 있었지만. 정말 저 진흙 속의, 아니 똥통 속의 진주를 그 버릇없는 동양인이 주운 게 차라리 다행이었다.

게다가 들려오는 음악도 조화로운 덕에 그 연출의 퀄리티를 한층 끌어올린 걸로 보여진다.

기존 영국의, 잘 쳐줘도 이류에 가까운 그것보다는 좀 더 오스트리아나 독일 쪽의 정제된 화음이 느껴졌다.

쉽게 말해, 고급스럽다.

노부인의 격조 높은 귀도 즐거웠다.

'작곡가가 분명, 리하르트 슈트라우스라고 했었지.'

노부인은 눈을 반짝였다.

그에 대해서도 대충은 알고 있었다.

분명 독일에서는 대차게 망했었다고 들었는데, 만약 영국에서 성공한다면…… 영국은 다시 한번 '음악의 어머니'를 품을 수 있지 않을까?

그렇게 생각하던 그때.

짝짝짝짝-!!

'음, 이런.'

또 일 생각을 하다 보니 어느새 극을 놓쳤는지, 막이 올라가고 있었다.

다행히 이번 건 단순한 막간(幕間), 그러니까 휴식 시간이었다.

노부인은 안도의 한숨을 내쉬며, 레이스 대위에게 음료수라도 사 오라 명할까 생각했다.
　아무리 생각해도 이 박스석은 좀 덥지 않은가.
　물론 일반인들 기준으론 시원한 수준이겠지만.
　하지만 그것 역시, 단순한 생각으로 끝날 수밖에 없었다.
　"어, 설마…… 알렉산드리나 여사님?"
　"으음?!"
　그녀의 뒤에서, 서방 식민지 어투로 말하는 눈치 없는 동양인이 있었기 때문이다.

　　　　　　　　＊　＊　＊

　사람은 뇌가 멈출 때가 있다.
　그중 하나는 정말 예상도 못 한 곳에서 예상을 못 한 사람을 만나게 될 때다.
　그리고 지금의 나도 그러했다.
　"어, 음……."
　"……."
　아니, 솔직히 내가 원작인 연극을 보러 오다가 납치범(미수)을 보게 되는 경우가 얼마나 있겠냐고…….
　그리고 그것은 나만이 아니라 상대도 그런 거 같았다.
　저쪽도 입을 쩍 벌리시고는 이쪽을 응시하고 계셨으니까.

'반응을 보면 다행히 기억은 하고 계신 거 같네.'

흔히 피해자는 기억해도 가해자는 잊어버린다고 하지 않던가.

기껏 인사드렸는데 누구냐고 하는 것만큼 뻘쭘한 게 또 어디 있을까.

물론 내가 정말 어디로 끌려가고 그랬던 것은 아니니까, 납치는 아니었던 건가 싶기도 한데…… 뭐 그건 생각하기 나름이니까.

아무튼 당장 해야 하는 것은.

"아, 지난번 주셨던 수표는 감사하게 사용했습니다."

일단 압도적인 감사다.

말도 안 되는 금액을 도네 해 주셨는데 리액션이 없으면 되겠냐. 난 그런 막돼먹은 짓을 배우지 않았다.

모름지기 세뱃돈을 받기 전에 세 배를 하는 것이 우리 민족의 근-본이란 말이다.

심지어 그 돈을 투자해서 샀던 땅이 이번에 재개발로 떡상했지. 덕분에 재단의 재정 건전성이 확 좋아져서 그쪽은 크게 신경을 안 써도 잘 굴러가게 됐으니 몇 번을 감사해도 모자란다.

"……흠. 그런가?"

하지만 그런 이쪽의 반응에도 그녀는 표정을 굳힌 채 담담히 답할 뿐이었다.

그 많은 돈을 내고도 저런 걸 보면 역시 만만치 않은

연말 시즌 〈297〉

부자이신 것 같은데…… 대체 정체가 뭘까? 갈수록 궁금해진다.

"그리고 보니……."

"그만, 일단 말은 공연이 끝나고 나누도록 하지."

"아, 죄송합니다."

하지만 그녀는 그런 내 말을 딱 끊고, 다시 공연이 시작한 무대를 향해 시선을 돌렸다.

그리고 보니 아직 막간 중이었지? 이거 큰 실례를 할 뻔했다.

뒤늦게나마 나도 그녀를 따라서 공연으로 시선을 돌렸다.

그곳에는 슬슬 하이라이트로 들어가는 배우들이 있었다.

―이것은 정의의 칼날.

―푸른 달이 나의 몸을 채우고, 태양 빛이 내게 힘을 주노라!

―가거라! 지옥왕 알비스여, 그대가 버린 세상은 있을 자리를 허락지 않노라!!

아카데미아 지하의 봉인을 풀고, 시련을 이겨 내어 엑스칼리버를 손에 넣은 피터.

―이것은 너희 요정들이 스스로 불러온 재앙!

―달의 붉은 심장을 물어뜯고, 태양의 황금 날개를 잡아 뜯으리라!

―오, 오리라! 나를 버린 세상, 그 모든 것을 검게 태울 날이!!

최초의 어둠 군주이자, 지금은 훌륭히 세탁에 성공해서 다크 히어로로서 한창 인기를 구가 중인 지옥왕 알비스.

두 캐릭터의 배역을 맡은 배우들이 서로를 향해 날 선 아리아를 토해 냈다.

서로 다른 가사들이 뒤엉키며, 화음을 검으로, 화성을 방패로 불을 튀기며 싸웠다.

기이하게도, 그 싸움이 불쾌하다는 느낌은 전혀 들지 않았다. 적절한 위치에서 잘려 나간 아리아가 서로의 아리아를 완벽히 받쳐 주는 구조였기 때문이다.

오스카 와일드와 리하르트 슈트라우스. 두 천재의 화합이 쌓아 올린 정교한 이중창이 저기에서 꽃피고 있었다.

좋다, 이래서 천재를 쓰는 거지.

그렇게 연기를 감상하는 사이.

요정들의 응원에 힘입은 피터가 알비스의 가슴을 꿰뚫었다. 요정들이 몰려들었고, 마지막으로 알비스가 무대 밖으로 떨어져 어둠 속으로 사라졌다.

그리고 그 순간, 홀로 남은 피터는 엑스칼리버(소품)를 높이 들었다.

―보라, 타락한 지옥왕의 최후를!
―축배를 들자, 선량하고 아름다운 요정들이여!!

피날레다.

연말 시즌 〈299〉

이에 맞춰, 아군 역을 맡은 배우들이 우르르 몰려나온다. 개 중에 리스 역을 맡은 찰리 채플린(6살)도 보인다.

"그리고 보니."

그때 갑자기 알렉산드리나 여사님이 말을 꺼내셨다.

"저 꼬마는 어떻게 저 역을 맡게 된 건가?"

"누구…… 아, 찰리 말씀이십니까?"

"그래. 여섯 살이라니, 어려도 너무 어린 편 아닌가? 필수라고는 해도, 저 아이가 맡을 만한 역할은 또 따로 있을 텐데."

"예, 그거야……."

별일이 아니니 난 채플린 형제에 대해 대충 말을 해 주었다.

불행한 가정상황, 재단이 세운 어린이집에서 맡아 길러 주고 있었다는 얘기. 그런데 재개발로 인해 숙식할 곳이 없어지자 형인 시드니 채플린과 함께 오스카 와일드가 숙식하는 각본가실 옆의 창고에서 살고 있다는 얘기까지.

그러자 그 이야기를 끝까지 들은 그녀가 신음성을 흘리며 감탄했다.

"그런 천한 곳에서도 저런 재능의 씨앗이 움트다니. 정말 의외군."

천한 곳이라니…… 가만 보면 이 할머니도 참 단어 하나하나가 태생적 차별주의자시란 말이야.

그것도 뭔가 사람이 꼬여서 그런 게 아니라, 날 때부터 그렇게 자란 듯한 그런 느낌의…….

아예 저쪽은 시야에도 넣지 않은 느낌이랄까?

아무튼.

"뭐, 사람의 재능이라는 건 복불복이니까요. 언제 어디서 백마 탄 초인(위버맨쉬)가 튀어나올지 알 수가 없는 법입니다."

나는 담담하게 말했다.

개인적으론 그게 민주 공화정의 최대 강점이 아닐까 싶다.

어쨌든 인간이 개발한 제도 중에 개천의 용이 노력과 능력으로 평가받을 수 있는 유일한 제도니까.

뭐, 왕국에서 할 얘기는 절대 아니지만.

"……하지만, 과연. 그런 부작용도 있었나. 쳇, 이래서 사람이 평소에 안 하던 짓을 하면 안 되는데."

"예? 뭐라고요?"

응? 뭔가 말씀하셨나? 배우들의 대사에 비해 너무 작은 목소리라 잘 안 들렸다.

"별거 아닐세. 그래, 그보다 요즘 어떤가? 최근 프랑스에 갔다 왔다고 들었는데."

"아, 예. 나쁘지 않았습니다."

나는 천천히 프랑스에서 구스타프 에펠과 알폰스 무하, 그리고 쥘 베른과 만난 이야기를 쭉 들려주었다.

"확실히 프랑스가 관광 대국은 관광 대국이더군요. 볼 게 많아서 저희 주인집 애들도 즐겁게 즐기고 왔습니다."

"호오오오."

그런데 뭐지?

왠지 모르게 주변의 온도가 낮아지는 듯한 느낌이 들었다.

뭐랄까, 알렉산드리나 여사님 몸에서 피어오르는 차가운…… 살기? 그런 것에 나도 모르게 몸이 움츠러든다.

'아차, 그러고 보니 이 할머니는 뭔가 영국의 상류층 고인물이시지.'

그렇다면 무작정 프랑스를 칭찬하는 게 불쾌하긴 하겠다.

"무, 물론 그만큼 불쾌한 일도 있었습니다. 영국에서도 없었던 건 아니지만, 프랑스 쪽은 영국보다 인종 차별을 대놓고 하는 나라더라고요."

"흐음. 별일은 없었나?"

"예, 주인집하고 같이 다닌 덕에요."

다행이다. 그 반응이 정답인 모양인지, 알렉산드리나 할머니의 몸에서 피어오르던 살기가 조금 줄어들었다.

"그러고 보니, 미국에서도 초청이 왔는데, 안 갔다면서?"

"……예, 뭐."

대체 이분은 어떻게 그런 걸 다 알고 계신 거지? 설마 내 귀에 도청 장치라도 심어 두고 그러는 거 아냐? 물론 이 시대에 그런 게 있을 리가 없지만서도.

아무튼 그녀의 말에 적당히 대답해 주었다. 그러자 알렉산드리나 여사는 금세 궁금증을 표했다.

"흠. 내 입장에선 좋은 일이지만 왜 그랬는진 궁금하긴 하군. 대중주의 성향인 자네 성격엔 미국만 한 곳이 없었을 텐데."

"그렇긴 합니다만…… 지금 당장은 딱히 갈 이유가 없다고 생각해서요."

현재로선 객관적으로 봐도 미국보다 영국이 더 낫지.

왜냐면 미국은 '정말' 태동기니까. 괜히 신세계, 구세계라고 하는 게 아니다.

"게다가 절 초청한 사람이 모건이었습니다. 그 J.P 모건이요."

아무리 돈이 많아도 J.P. 모건 같은 강도귀족이 날? 십중팔구는 제대로 된 초청이 아닐 게 분명하지 않은가.

동종업계 대선배이자 위인인 마크 트웨인 같은 대문호도 날 미국에 데려가지 못했다.

그런데 내가 굳이 그 사람 초청을 받는다고 미국을 갈 이유는 없지.

"뭐, 언젠가 한 번은 가 보고 싶지만 그게 굳이 그런 귀찮은 일일 필요는 없죠."

"흐음. 의외로 눈치는 좋군."

아니, 의외라니…… 내가 얼마나 감이 좋은데!

나는 어이가 없었다. 물론 전문적인 사람이 보기엔 썩

연말 시즌 〈303〉

눈치가 좋다고 하긴 어렵지만, 이래 봬도 다년간 상류층 집사로 살면서 나름대로 처세술은 좀 생겼는데 말이지.

"아무튼 당분간 영국을 떠날 생각은 전혀 없습니다. 이번처럼 여행으로 가는 거라면 몰라도 말이죠."

"당분간이라…… 어느 정도?"

글쎄…… 나는 문득, 무대 위를 보았다.

극은 이제 완전히 막장으로, 피터가 오베론 아카데미아의 방학을 맞아 집으로 돌아가는 시간을 담고 있었다.

그것을 보며, 난 여기서 어떻게 답을 해야 할지 고민이 되었다.

아닌 말로 난 트리퍼니까.

어찌 보면 이 시대 어디에도 돌아갈 곳이 없는 거나 다름없었다.

내가 이래저래 돈이나 성공에 집착하는 것도 그런 요소에서 비롯됐을지도 모르지.

〈피터 페리〉의 완결도, 포셔와 함께 인간 세계로 돌아가는 엔딩을 택한 것도, 어찌 보면 내 심리를 반영한 걸지도 모르겠다.

그런데 그런 내가 언제까지 영국에 있을 생각인가, 라…….

"솔직히 그건 제 소관이 아니라서 답해 드리기 어렵네요."

"왜지? 그 주인집 때문인가? 혹시 쫓겨날 거라면 걱정 말게. 내 집 방 한 칸 정도는 빌려줄 수 있으니."

"에, 아뇨, 밀러 씨야 뭐, 절 아껴 주시고 몬티나 다른 아이들과도 많이 친한지라 그럴 일은 없습니다."

"흠, 그런가……."

알렉산드리나 여사가 눈에 띄게 실망하신다.

으음. 이거 아무래도 불안한데? 설령 쫓겨나는 일이 있어도 요크로 가지 절대 여사님 댁에는 들어가면 안 되겠다.

작가로서의 감이 발동했거든. 뭔가 어영부영하다가 통조림 당할 것 같아.

"집에서 쫓겨날 일도 없다면, 뭐가 문제지?"

"아, 뭐…… 일단 전 이방인 아닙니까?"

"혹시 자네 나라의 문제인가? 걱정 말게. 우리 대영 제국을 거슬러서까지 인기 작가인 자네를 빼앗아 가는 건 유럽의 어느 열강도 불가능해."

"예? 어, 음. 딱히 정치적 망명 같은 문제는 아니긴 한데요."

나는 머리를 긁적였다. 레드코트가 왜 날 지키겠냐, 라는 건 둘째로 쳐도, 지금 조선이 어떻게 날 알고 뺏어가겠어.

"뭐, 어쨌든 이상한 불가항력이라도 생지지 않는 이상, 대충 10년에서 20년 정도는 영국에 터 잡을 생각이긴 합니다. 애들도 그쯤이면 알아서 자기 갈 길 갈 거구요."

"흐음. 그렇군. 알겠네."

그 순간, 비명과 휘파람 소리가 온 극장에 가득 찼다.

연말 시즌 〈305〉

나는 시드니 채플린을 비롯한 주역들과 그 뒤의 조연들 속의 찰리 채플린 등이 고개를 숙이는 것을 보았다.

아마, 저들이 런던에서 가장 빛나는 별이 되는 순간일 것이다.

"그러면 알겠네. 내가 얼마나 살진 모르겠지만…… 그 동안은 앞길을 닦아 주지."

"예? 그게 무슨……."

되물으려 했지만, 이미 알렉산드리나 여사는 박스석에서 일어나, 극장을 나가고 계셨다.

"허 참."

여전히, 굉장히 신출귀몰하신 분이다. 키도 작은데.

그때였다.

"자, 작가님!!"

"벤틀리 씨?"

웬일이야? 나는 박스석까지 찾아온 벤틀리 씨를 보며 의아하여 물으려 했다.

"크, 큰일 났습니다!"

……대체 이 연말에 또 뭔가.

* * *

〈왕립 문학회, 빅토리아 문학상 제정!〉
〈지고의 여왕 폐하, 지고의 문학, 지고의 영예!!〉

〈속보! 수상자는 레프 톨스토이 유력…….〉

〈사설 칼럼 : 왕립 문학회는 각성하라! 위대하신 여왕 폐하의 이름을 딴 상을 러시아인에게 주는 것이 맞는가?!〉

"훗, 이거지."

러디어드 키플링은 왕립 문학회와 '빅토리아 문학상', 그리고 레프 톨스토이로 가득한 뉴스들을 늘어놓으며 히죽 웃었다.

왕립 문학회의 힘은 단순히 유형적인 것에 있지 않다.

정계, 경제계, 산업계, 학계 등. 귀족 특유의 교양으로 알게 모르게 이어진, 끈끈한 거미줄과 같은 간접적인 인맥은 결코 쉽게 사라지지 않는다.

그래서 간단했다. 조지 뉴스 계열이 아닌 신문들에게 영향력을 펼치고, 이번 '빅토리아 문학상'에 관련된 일을 홍보하는 일은.

아니, 넌지시 알리기만 해도 신문들은 이 사실을 싣지 못해 안달이었다.

그도 그렇지 않겠는가? 위대한 여왕 폐하의 이름을 딴 문학상.

세계 최고의 문학에 수여하는 상.

그런데 그 상이, 영국인이 아닌 러시아인에게 수여된다!?

문학을 사랑하는(웃음) 런던 대중들이 분노하지 않을

이유가 없다.

즉, 신문이 안 팔릴 이유가 없다.

키플링의 노림수는 바로 이것이었다.

'분노는 좋은 홍보가 된다.'

그의 본질은 저널리스트였고, 그렇기에 '화나는 이야기'가 대중들에게 얼마나 잘 퍼지는지 알고 있었다.

물론 그만큼 빠르게 잊히기 쉽다는 단점도 있지만, 당장 그와 왕립 문학회에게 중요한 건 지금 인지도를 높이는 것이지 않은가.

그리고 그 목표에, '빅토리아 문학상'과 '레프 톨스토이'의 조합은 더없이 훌륭하게 잘 맞는 떡밥이었다.

"대중들은 문학을 사랑하지 않는다. 그들이 사랑하는 건 문학이 가져올 국가의 영광뿐이지."

키플링은 냉정하게 말했다.

그는 알고 있었다.

대중이 얼마나 바퀴벌레 같은지.

'이기적이고, 사악하며, 뻔뻔하다.'

한때의 쾌락을 위해 미래를 내던지고, 잠깐 그럴듯한 얘기를 들려주면 그게 진실인 줄 알고 나방처럼 달려든다.

지금도 그렇다. 진정으로 문학을 사랑하는 자들, 예를 들어 왕립 문학회원들이라면 레프 톨스토이가 얼마나 대단한 문학가이며, 세계에서 인정받는 소설가인지 안다.

그라면 충분히 최고의 문필가로서 상을 받기엔 충분한, 아니 그 이상인가 역시도.

그리고 카이저— 아니, 귀족을 비롯한 기존 기득권을 굉장히 싫어하는 반골인지도.

설사 그 자신이 러시아의 귀족인데도 말이다.

'아마 거절하겠지.'

무정부주의자가 국왕의 이름을 딴 상을 받는다니, 그 이상의 굴욕이 있겠는가? 따라서 키플링은 자신이 제안한 것임에도, 톨스토이가 그것을 거절하리라 생각했다.

그리고, 그건 그거대로 좋다.

애초에 그러기 위해서 선택한 톨스토이니까.

그러면 왕립 문학회는 톨스토이의 성향은 싹 빼고, '국가를 초월하여 위대한 문학가에게 상을 주려 했는데 톨스토이가 거부했다. 흑흑' 같은 이야기를 하며 다른 작가에게 주면 된다.

그리고 이 과정에서, 빅토리아 문학상을 둘러싼 왕립 문학회의 인지도는 끝없이 오를 것이고.

그때 수상시킬 인물은 이미 진즉, 섭외를 해 놨으니 큰 문제는 없다.

"훗. 어리석은 놈들."

그리고 무엇보다.

그 과정에서, 모든 문학계의 이슈는 왕립 문학회 밑으로 묻힐 것이다.

키플링은 '6월 20일'로 예정된 빅토리아 문학상의 수여일을 보며 입술을 비틀었다.

"어디 한번 발버둥 쳐 보시지."

　　　　　＊　＊　＊

"당했군요."

나는 입술을 깨물며 말했다.

빅토리아 문학상 수여 일, 6월 20일.

빅토리아 여왕의 즉위 일을 기념해서 그날로 지정했다고 하는데…… 그게 아님은 지금 여기 모인 우리가 알고 있다.

그 '우리'를 대표해, 조지 뉴스가 분통을 터트리며 말했다.

"이대로라면 우리 공모전이 묻혀 버려! 대체 어쩌면 좋겠나?"

공모전, 찰스 디킨스 문학상은 찰스 디킨스의 기일인 6월 9일에 시상하기로 했다.

그리고 이 이슈는 아마…… 이 '속보'로 시작해 조금씩 불판을 피워 올리다가, 제정 직전을 전후해서 겁나게 불타오를 거고.

물론 11일 차이면 충분히 크지 않나? 라고 생각할 순 있다.

하지만 그건 1시간마다 이슈가 달라지는 21세기 한국에서나 그런 거고.

가장 **빠른** 정보 전달 수단이 살롱이고, 그다음이 신문인 시점인 19세기 말의 영국에서 11일이면 충분히 초전도급으로 불타오를 수 있는 타이밍이다.

그러면, 우리 공모전은 완전히 묻힌다.

"그, 만약 톨스토이급의 작품을 뽑는다면…… 무리겠죠?"

우리는 모두 철없는 소리를 한 벤틀리 씨를 잠깐 쏘아보았다.

톨스토이'급'이라니…… 그게 말이 되나?

"차라리 달을 따오는 게 쉽겠군."

아서 코난 도일의 한마디.

"내가 할 말은 아니지만, 우리 아일랜드 독립이 **빠를** 것 같은데."

이건 버나드 쇼의 자조적인 평.

"아쉽지만, 찰스 본인이 살아 돌아오지 않는 이상…… 어려울 것이오."

마지막으로, 조지 맥도널드 작가 연맹 대표님의 씁쓸함이 잔뜩 묻어난 말.

으음, 그런데 부활이라…… 나 같은 시간 표류자도 있는데 부활도 있을 법한 일 아닌가?란 생각이 갑자기 드네.

아냐, 그건 그거대로 멀티버스의 일이다. 지금 이 우주의 일은 아니지.

"불가능한 건 둘째 치고, 현실적으로 어떻게 대응할 방법을 찾아보죠."

"뭔가 방법이 있겠소?"

맥도널드 대표님이 기대감 어린 눈으로 나를 보고 있었다.

으음, 그런 식으로 보시면 뭔가 첫 만남이 떠오르는데.

─자네가 한슬로 진, 이라고?

─예. 그렇습니다.

─이렇게 젊다니……!

대표는 내가 아시안이라는 것보다 나이에 더 감명받은 듯했다. 실제로 그가 내 손을 덥석 잡고 한 말이 그거였다.

─건강 잘 챙기게.

─아, 예…….

─삼시 세끼 꼬박꼬박 잘 챙기고, 꼭 8시에 자고, 운동 열심히 하게! 절대 과로하지 말고!!

뭔가…… 확실히 트라우마가 세게 박힌 인상이다.

하긴 찰스 디킨스를 그렇게 잃었던 사람이니 후배들 건강 잘 챙겨 주고 싶은 마음은 이해가 가지.

아무튼 지금 당장 무슨 아이디어가 있느냐라…….

"그…… 없는데요."

"……정말 없나?"

"아니, 그럴 수밖에 없죠."

나는 억울하다는 듯 말했다. 이게 화제가 되는 이유는 다른 게 아니다.

민족주의, 내셔널리즘(Nationalism)이다.

지난번 프랑스에서 말했듯, 이 시기 백인들의 민족주의에는 어느 정도 단계가 있다.

소위 세상에서 제일 유명한 '그' 콧수염의 '얼마나 무시무시한 생각'은 그 당시 백인들이 생각하던 인종 차별 레벨을 구체화해서 시각화한 것에 불과하다.

제일 위에는 유럽 본토 서유럽인, 구체적으로 말하면 금발에 푸른 눈의 백인이 있고, 그 밑에 같은 백인이라도 아일랜드계, 슬라브계, 유대계는 쓰레기 취급이다.

이게 얼마나 심한지는 현대에서도 흑인이나 동양인 차별에 준하다는 소리를 듣는 진저포비아(ginger phobia)만 봐도 확실하다. 같은 백인도 이러는데 다른 건 오죽하랴.

중국이나 인도, 아랍 같은 경우는 한때 자신들이 밑에 있었다는 걸 인정은 해서, 그리고 일본은 지금 한창 주가가 떠오르고 있어서 인정은 해 주지만, 그래도 백 밑 흑 위 정도.

최악은 당연히 흑인과 네이티브 아메리칸이다.

후자는 그나마 유럽에서 볼일이 별로 없어서 덜 공격하

던데, 흑인 취급은 진짜…… 최악이지.

이 중 러시아인은 슬라브계. 국가 관계 문제까지 얽혀, 영국 입장에서는 프랑스만큼이나 경계 대상이다.

"결국 톨스토이는 핑계입니다. 거절하든, 응하든 그건 상관하지 않을 거예요."

나는 소위 '사설 칼럼'이라고 주장하는 신문 기사를 가리켰다. 말이 칼럼이지, 여기서는 악마의 변호사 같은 느낌이 풀풀 난다.

"이슈화 자체를 노리고, 찬성과 반대 양쪽에서 부채를 솔솔 불고 있다는 뜻이로군."

"바로 그겁니다."

"하, 이 노력으로 글을 쓰면 세기의 명작이 튀어나왔겠군."

조지 버나드 쇼가 콧방귀를 뀌면서 왕립 문학회를 비꼬았다.

참 그답다면 그다운 말이다.

그때.

"이상한데?"

아서 코난 도일이 파이프 담배를 입에 물며 눈살을 찌푸렸다.

"이런 세련된 대중 통제 방식은 왕립 문학회의 방식이 아닐세. 하긴지 기파드가 왕립 문학회의 수장이 되었던 것은 그가 신망 높은 사법계 정치인이었기 때문이지, 그가 제일 문학적 오성이 뛰어나서가 아니야."

"그 말은…… 혹시 날뛰고 있는 인물이 따로 있다는 말인가!"

"바로 그겁니다. 뉸스 씨."

아서 코난 도일이 담배에 불을 채워 넣기 위해 라이터를 찾으며 말했다. 나는 그 모습을 보고 무심코 중얼거릴 수밖에 없었다.

"오오, 역시 셜록 홈스의 아버지……."

"한슬, 맞고 싶나?"

"아니, 이제 극복하셨잖아요?!"

파이프, 파이프! 아니, 아무리 불이 안 붙었어도 그렇지, 담뱃잎 다 휘날리게 이게 뭐 하시는 짓이야. 다 큰 어른이.

"극복한 건 탐정 소설을 쓰는 것 자체의 문제지, 셜록을 인정하느냐 마느냐는 아니란 말일세. 내가 썼다지만, 그놈은 아직도 께름칙해."

"알겠네, 알겠어. 일단 지금은 대책부터 세우세나."

이러니저러니 해도, 옆에 사장님이 있는데도 저런 이야기를 대놓고 할 수 있다는 게 정말 존경스럽다. 그렇게 조지 뉸스가 아서 코난 도일을 말리는 것을 보며, 맥도날드 대표가 무겁게 입을 열었다.

"그러면, 아서 자네는 왕립 문학회의 조타를…… 언론이나 대중을 잘 다룰 수 있는 자가 잡았다고 생각하는가?"

"그것밖에는 생각할 수 없지요."

"흐음…… 그거라면 우리 잡지사 기자들을 이용해 보도록 하지. 왕립 문학회가 있는 서머싯 하우스를 샅샅이 뒤져 보라고 하면 되네."

조지 뉴스는 여상하게 말했지만, 나는 순간적으로 디스패치가 생각날 수밖에 없었다. 인터넷 신문이긴 하지만 걔들의 취재력은 장난이 아니었지.

아무튼 지금 진짜 문제는 저 상황에 대응하는 건데…… 정말로 방법이 없나?

내 입으로 '방법이 없다'고 하긴 했지만, 이건 고민 좀 해 봐야겠다.

과연, 이게 우리한테 '득'이 되는 방법은 정말 없을까?

"일단 지금 생각할 수 있는 가장 좋은 가정은 역시…… 상 자체가 취소되는 겁니다. 예를 들어 빅토리아 여왕 폐하께서 당신의 이름을 쓴 문학상 자체를 불쾌해하시면서 왕립 문학회의 상 자체를 폐지해 버리라고 하신다면 만사 해결이죠."

"하지만 그건 너무 희망적인 얘기 아닌가?"

"뭐, 그건 그렇죠."

나는 어깨를 으쓱이며 말했다.

아무리 내가 조지 왕세손과 커넥션이 있다고 해도 여기서 '왕세손 각하, 할머님께 저거 좀 치워 달라고 하면 안 돼요?'라고 하긴 좀 거식하지. 여왕 폐하가 무슨 유치원 선생님도 아니고.

"그리고 설령 빅토리아 여왕께서 그렇게 취소하셔도 문젭니다. 만약 이름만 그, 왕립 문학회를 세운 왕이 누구셨죠?"

"조지 4세. 현 여왕 폐하의 선선대 국왕이셨네."

"예, 그럼 그 조지 4세의 이름을 딸 수도 있죠."

물론 조지 4세 자체는 암군이란 평이 많으니 바로 그러진 않겠지.

하지만 어쨌든 중요한 건, '왕립 문학회가 상을 주는 것' 자체는 설령 빅토리아 여왕이라도 막기 어려울 거라는 데에 있다.

공사다망하신 여왕 폐하께서 이런 변변찮은 일까지 살피실 수가 있겠냐고.

그렇다면 다른, 뭔가 전혀 다른 방향으로 대중들의 인식을…….

인식?

"……톨스토이가 친영파라면 어떨까요?"

　　　　(대영 제국에서 작가로 살아남기 5권에서 계속)

전 세계를 뒤흔들 초재벌의 신화!

「내가 제일 잘나가는 재벌이다」

촉망받던 화장품 연구원, 임준후
억울한 죽음을 겪고 나니
세상은 1960년 격동의 시대가 되어 있었다

'게다가 빙의한 몸은 부동산 갑부의 상속자라고?'

열정과 아이디어면 충분했던 그 시절
해야 할 일은 명확해졌다

"이제부터 전 세계의 화장품은 다 내가 만든다!"

낭만과 멋을 선도하는 개척자로서
한국을 넘어 세계가 열광하는
차준후의 위대한 도약이 지금 시작된다!

내가 제일 잘 나가는 재벌이다

봉황송 현대판타지 장편소설

환상이 숨쉬는 공간 파피루스 blog.naver.com/gnpdl7

poo 판타지 장편소설

회귀한 대마법사의 용사생활

마왕을 강림시키려는 악의 조직, 네크로를 거의 궤멸시킨 용사 파티
하지만 용사의 우유부단함으로 마왕이 강림하고 만다

그리고 그때 주어진 시간 회귀의 기적

"답답해서 내가 뛴다!"

소년일 때로 돌아온 네자르
그는 용사가 되기로 결심한다

"다시는 후회하지 않겠어."

압도적인 마법 재능, 유쾌한 언변술, 화려한 계략까지
마왕의 강림을 막고 세계를 구원하는 용사의 행보가 시작된다!